REBIRTH ACE 리버스 에이스

REBIRTH ACE 리버스 에이스 12

한승현 장편 소설

초판 1쇄 찍은 날 | 2017년 7월 18일
초판 1쇄 펴낸 날 | 2017년 7월 25일

지은이 | 한승현
펴낸이 | 예경원

기획 | 위시북스
편집책임 | 박우진
편집 | 이즈플러스

펴낸곳 | 예원북스
등록번호 | 제396-2012-000132호
등록일자 | 2012. 7. 25
KFN | 제1-127호

주소 | 경기도 고양시 일산동구 호수로 646-24 위너스21 II 빌딩 206A호 (우)10401
전화 | 031-819-9431 팩스 | 031-817-9432
E-mail | yewonbooks@naver.com

ISBN 979-11-6098-380-7 04810
979-11-5845-486-9 (set)

※ 이 도서의 국립중앙도서관 출판시도서목록(CIP)은 서지정보유통지원시스템 홈페이지(http://seoji.nl.go.kr)와 국가자료공동목록시스템(http://www.nl.go.kr/kolisnet)에서 이용하실 수 있습니다.

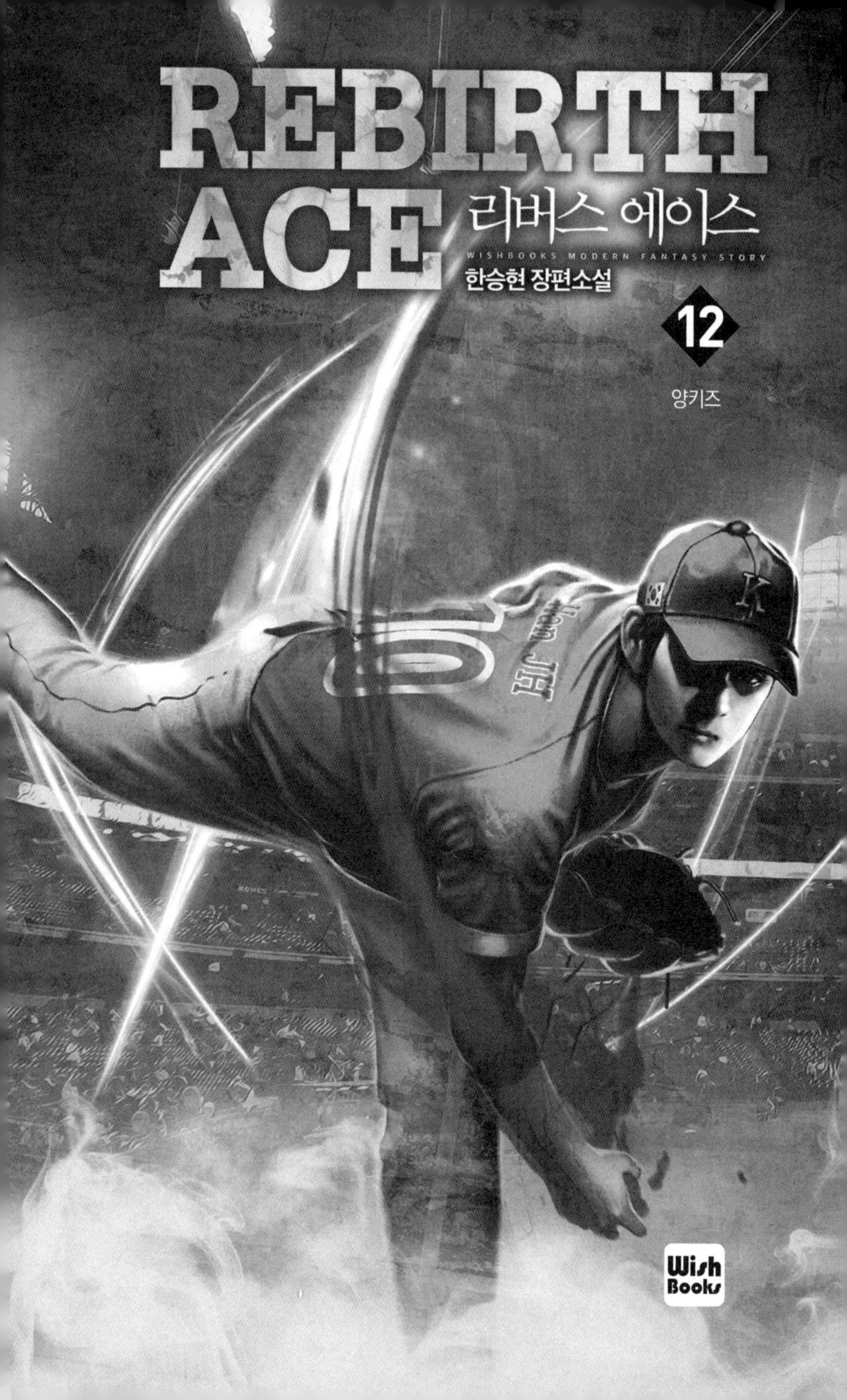
REBIRTH ACE
리버스 에이스
WISHBOOKS MODERN FANTASY STORY
한승현 장편소설
12
양키즈
Wish Books

REBIRTH ACE 리버스 에이스

CONTENTS

69장
핀 스트라이프(1)

"등번호가 독특한데 마음에 드나요?"

입단식 이후 곧바로 이루어진 기자회견장에서 금발의 여기자가 물었다.

자연스럽게 기자들의 시선이 한정훈의 머리 뒤쪽에 걸린 야구복으로 향했다.

야구복 등 쪽에는 등번호 0번이 큼지막하게 새겨져 있었다.

본래 한정훈은 한국에서 등번호 10번을 달고 뛰어왔다.

동명고등학교 시절부터 스톰즈 시절, 그리고 국가대표 시절까지.

한정훈의 등번호는 언제나 10번이었다.

그래서 박찬영 대표는 한정훈이 메이저리그에서도 같은 등번호를 달길 원했다.

하지만 애석하게도 양키즈의 10번은 영구결번이 된 상태였다.

이 같은 소식을 전해 들은 영구결번 10번의 주인공 필 리스토의 유가족들은 한정훈에게 10번을 돌려줄 의사가 있음을 밝혔다.

필 리스토 역시 죽기 전에 양키즈가 자신을 뛰어넘는 자질을 가진 선수를 영입하고 그가 10번을 원한다면 망설이지 말고 내주라는 유언을 남긴 만큼 한정훈이 부담을 가질 필요가 없다고 말했다.

그러나 전후 사정을 전해 들은 한정훈은 정중히 사양의 뜻을 전했다.

양키즈에서 빼어난 활약을 펼쳐 영구결번된 필 리스토의 등번호를 굳이 빼앗을 필요는 없다고 판단한 것이다.

이후 양키즈 구단은 한정훈에게 어울리는 등번호를 찾기 위해 고심했다.

야구에서 에이스 등번호로 불리는 1번이 가장 먼저 떠올랐지만 1번 역시 영구결번으로 지정된 상태였다.

그러다 한정훈이 한국에서 0점대 평균 자책점을 달성했다는 데 착안해 등번호 0번을 다는 게 어떻겠냐는 내부 의견이 나왔다.

다소 낯설긴 했지만, 한정훈은 이내 고개를 끄덕거렸다.

훗날 이 번호가 영구결번될 경우 모든 영구결번 중에서 가장 앞선 번호가 될 것이라는 양키즈 브라이언 캐시 단장의 첨언이 마음에 들었던 것이다.

"구단 측에서 골라준 의미 있는 등번호라 마음에 듭니다."

한정훈이 가볍게 웃었다.

사실 10번도 축구에서 흔히 사용하는 에이스 등번호다 보니 받아들였을 뿐 특별히 애착하는 숫자는 아니었다.

그러나 여기자는 고작 그 말을 듣기 위해 마이크를 든 게 아니었다.

"구단에서는 한정훈 선수가 한국에서처럼 0점대 평균 자책점을 기록해 주길 바라는 마음에서 등번호 0번을 권했다는데 그 사실을 알고 계시나요?"

여기자의 한마디에 기자들이 하나같이 눈을 반짝거렸다.

메이저리그 통산 0점대 평균 자책점은 단 2번 기록됐다.

1880년 토미 키프가 세운 0.86

1914년 더치 로날드가 세운 0.96

만약 한정훈이 구단의 바람대로 0점대 평균 자책점에 도전하고 달성하게 된다면 무려 백여 년 만에 세 번째 0점대 평균 자책점 기록이 세워지게 되는 것이다.

여기자의 질문을 받은 통역은 잠시 박찬영 대표를 바라봤다.

그러자 박찬영 대표가 종이에 뭔가를 끄적거린 뒤 한정훈에게 건넸다.

너무 겸손해하실 필요 없습니다.

쪽지를 확인한 한정훈이 피식 웃었다. 그리고는 마이크 쪽으로 얼굴을 가져다 댔다.

“알고 있습니다. 0점대 평균 자책점을 달성한다는 게 쉬운 일은 아니겠지만, 투수라면 누구나 꿈꾸는 기록이니까요. 최선을 다해 도전해 볼 생각입니다.”

만약 다른 투수가 이 같은 소리를 했다면 메이저리그를 우습게 안다며 비난이 쏟아졌을 것이다.

하지만 상대가 역대 최고 계약으로 메이저리그에 입성한 한정훈이라면 이야기는 달랐다.

물론 상당수의 기자는 한정훈이 립 서비스 차원에서 한 말이라고 여겼다.

메이저리그 역사상 단 두 명뿐인 0점대 평균 자책점에 도전한다는 건 역대급 투수로 평가받는 메이저리그 에이스 클레이튼 커셔조차 입 밖에 내지 못하는 말이었다.

“그만큼 노력한다는 말이겠지.”

"솔직히 구단에서도 0점대 평균 자책점을 바라는 건 아니잖아. 안 그래?"

"게다가 그 기록들은 전부 데드볼 시절이잖아. 진짜 기록은 밥 심슨이지."

"밥 심슨이 1.12였지? 뭐 그 정도라면 한정훈도 할 만하지 않을까?"

"흠…… 일단 첫 시즌 지켜보고 난 다음에 이야기하자. 솔직히 지금은 애매하니까."

기자들은 한정훈이 루키 시즌에도 충분히 좋은 활약을 펼칠 것이라고 예상했다.

한정훈은 한미 올스타전에서 보여줬던 기량만으로 메이저리그 20승 투수감이라는 극찬을 들었다.

그런데도 안주하지 않고 이후 두 시즌 동안 더 발전하는 모습을 보여주었다.

그 모습이 메이저리그에서도 이어진다면 당장은 무리더라도 언제고 역대급 기록을 달성할 것이라는 기대감은 충분했다.

"양키즈가 올 시즌 우승할 수 있을 것이라고 생각하나요?"

뒤이어 마이크를 건네받은 기자가 날 선 목소리로 물었다.

한정훈과 하리모토 쇼타의 영입으로 마운드가 두터워지면서 뉴욕 언론들은 벌써 양키즈의 월드 시리즈 우승 가능성을 거론하고 있었다.

하지만 뉴욕 언론을 제외한 나머지 언론들은 양키즈의 지구 우승조차 쉽지 않을 것이라고 전망했다.

마운드는 높아졌을지 몰라도 양키즈의 빈약한 타선은 여전했기 때문이다.

2012년 이후 양키즈 타선은 바닥을 벗어나지 못하고 있었다.

매년 마운드는 준수한 활약을 펼쳤지만, 타선이 받쳐 주지 못하면서 리그 우승에 실패해 왔다.

그래서 전문가들은 양키즈가 급한 건 마운드 보강이 아니라 타선이라고 꼬집어 말했다.

타선이 어느 정도 살아난다면 현재 마운드 높이만으로도 최소한 와일드카드 경쟁은 가능하다는 것이었다.

그러나 정작 양키즈는 한정훈과 하리모토 쇼타, 두 명의 선수를 영입하는 데 포스팅 비용 포함 5억 달러를 쏟아부었다.

당연하게도 남은 기간 타선 보강을 기대하긴 힘든 상황이었다.

"한정훈 선수."

박찬영 대표는 이번에도 종이에 뭔가를 써서 건넸다.

지난 시즌 0.241, 아메리칸리그 14위 전체 26위

종이 위에는 작년도 양키즈의 타격 성적이 간략하게 적혀 있었다.

내용을 확인한 한정훈은 순간 묘한 동질감에 빠져들었다.

불현듯 스톰즈가 떠오른 것이다.

한정훈이 머문 지난 4년간 스톰즈는 2할 5푼 수준의 팀 타율에서 크게 벗어난 적이 없었다.

전문가들도 해마다 스톰즈의 빈약한 타선을 약점으로 꼬집었다.

하지만 정작 스톰즈는 한정훈을 비롯한 수준급 투수진을 앞세워 서부 리그와 한국 시리즈, 아시아 시리즈 3연패에 성공했다.

마운드의 높이로 타선의 빈약함을 완벽하게 만회해 버린 것이다.

한정훈은 양키즈도 충분히 그렇게 달라질 수 있다고 기대했다.

물론 좋은 타자들이 새로 충원된다면 더 좋겠지만, 타격 능력이 리그 최하위권이라고 해서 벌써부터 포기할 필요는 없다고 여겼다.

"월드 시리즈에서 어떤 팀과 맞붙게 될지는 모르겠지만, 팬들의 기대에 부응할 수 있도록 최선을 다하겠습니다."

마이크를 잡은 한정훈이 한국식 어법으로 자신의 의사를 전했다.

그것을 통역이 조금 더 강한 어조로 번역하면서 기자회견장이 소란스럽게 변했다.

"그러니까 어떤 팀이든 상관없이 우승하겠다 이거네?"

"한정훈 배짱 장난 아닌데? 저 선수, 한국 출신 맞아?"

"아무리 그래도 이번 건 지나쳤다고. 양키즈가 우승이라니. 자신이 신이라도 된다고 착각하는 거야, 뭐야?"

"한정훈이 들어오긴 했지만 양키즈 마운드도 예전만 못하다고. 한정훈 혼자서는 한계가 있어."

기자들은 한정훈의 우승 도전 발언을 분위기상 어쩔 수 없이 한 말이라고 받아들였다.

그러면서도 정작 돌아가서는 한정훈이 우승을 공언했다는 식으로 기사를 써냈다.

[한정훈! 올 시즌 양키즈가 우승한다. 상대는 누구라도 상관없어.]

[아메리칸리그 챔피언은 양키즈! 한정훈 월드 시리즈 자신!]

기사를 접한 야구팬들은 발끈했다. 한정훈을 영입하면서 올 시즌 파워 랭킹 10위에 오른 양키즈가 우승을 자신할 수 있는 수준은 아니라는 것이었다.

ㄴ한정훈, 당돌한 줄은 알았지만 이건 좀 건방지잖아? 우승이라니?

ㄴ그러게 말이야. 메이저리그를 한국 리그라고 착각하고 있는 거 아냐?

ㄴ어린 선수가 패기 넘치게 한 말 가지고 뭘 그렇게 예민하게 굴어? 그럼 구단 관계자들이 지켜보는 상황에서 우승 못 한다고 해야 옳은 거야?

ㄴ인터뷰 영상 찾아보면 알겠지만, 한정훈은 저런 식으로 말한 적 없다고. 기자들이 부풀리고 있는 거야.

ㄴ어쨌든 월드 시리즈를 언급한 건 사실이잖아. 안 그래?

ㄴ양키즈가 월드 시리즈에 오르려면 아직 10년은 이르다고.

ㄴ맞아. 한정훈도 어쩌면 제2의 커셔가 될지 모르지.

일부 팬들은 한정훈도 압도적인 실력을 갖추고도 우승 반지를 끼지 못한 다저스의 클레이튼 커셔 꼴이 될 것이라고 비웃어 댔다.

그만큼 현실적으로 양키즈가 보스트 시즌 티켓을 거머쥐고 월드 시리즈에 진출할 가능성은 희박해 보였다.

하지만 한정훈은 한국에서처럼 여론에 크게 신경 쓰지 않았다.

그보다는 하루 빨리 뉴욕 생활에 적응하기 위해 노력했다.

"여기가 한정훈 선수의 집입니다. 내부 수리는 모두 끝났고 입주 가정부와 경비원도 고용해 두었습니다. 혹시 지내시다 불편하신 게 있으시다면 언제든 말씀하십시오."

한정훈 전담 구단 직원 알렉스 그린이 큼지막한 저택의 문을 열며 말했다.

양키즈 구단이 마련해 준 집은 깔끔했다.

다저스가 프레젠테이션 때 보여주었던 주택처럼 화려하진 않았지만 갖출 건 전부 갖추고 있었다.

실내 투구 연습장, 실내 피트니스 룸, 실내 수영장, 영화 감상실과 음악 감상실, 가볍게 한잔 즐길 수 있는 바까지.

뉴욕 인근에서 이렇게 많은 걸 갖춘 집을 찾기란 쉽지 않았다.

"좋네요."

집 안을 둘러본 한정훈이 이내 고개를 끄덕거렸다.

여전히 머릿속에는 다저스가 보여줬던 집들이 아른거렸지만 양키즈가 마련해 준 집도 충분히 만족스러웠다.

"내일 하리모토 쇼타 선수의 입단식이 있을 예정인데 혹시 참석하시겠습니까?"

저택 인수 확인서에 사인을 받은 뒤 알렉스 그린이 다시 한정훈을 바라봤다.

대놓고 말을 하진 않았지만 양키즈 구단은 한정훈이 하리모토 쇼타의 입단식에 참석해 주길 희망하고 있었다.

하리모토 쇼타가 그만큼 중요한 선수라서가 아니었다.

벌써부터 한정훈을 양키즈의 대표 선수라고 여기기 때문이었다.

한정훈에 비할 바 못 되지만 하리모토 쇼타는 4년에 1억 달러를 받고 양키즈에 입단했다.

포스팅 비용까지 더하면 1억 2천만 달러다.

이 정도 되는 선수의 입단식을 사진 기자 몇 명 불러서 졸속으로 처리할 수는 없는 노릇이었다.

그렇다고 한정훈처럼 양키즈 스타디움에서 거창하게 치르는 것도 쉽지 않았다.

시일도 촉박했지만 그건 오직 한정훈만을 위한 입단식이었다.

그래서 생각한 대안이 한정훈의 입단식 참석이었다.

코어 4를 비롯해 양키즈의 수많은 레전드에게 축하 인사를 받으며 5만여 팬의 환호 속에 입단식을 치른 양키즈의 에이스, 한정훈이 자리해 준다는 것만으로도 의미 있는 입단식이 될 것이라고 판단한 것이다.

"피곤하시겠지만 잠깐이나마 시간을 내주시길 부탁드립니다."

알렉스 그린이 양키즈 구단을 대신해 한정훈에게 정중히 고개를 숙였다.

"그 자식은 내 입단식에 안 왔는데요."

한정훈은 못마땅한 듯 한국말로 투덜거렸지만 이내 고개를 끄덕거렸다.

다른 이유도 아니고 에이스 자격으로 참석해 달라는 데 거절하기가 난감했다.

다음 날.

양키즈 스타디움에서 하리모토 쇼타의 입단식이 열렸다.

한정훈의 입단식처럼 유료 관중들이 경기장을 찾아오지는 않았다. 코어 4를 비롯한 레전드 스타들의 축하 인사도 없었다.

"해도 너무하는군."

기대치를 한참 못 미치는, 평범하다 못해 초라해 보이기까지 한 입단식에 하리모토 쇼타의 에이전트 마토 시게유키는 불편한 심기를 감추지 못했다.

하지만 정작 하리모토 쇼타는 입단식 내내 싱글벙글이었다. 자신의 좌우에 선 선수들 때문이었다.

하리모토 쇼타의 오른쪽에는 다나카 마스히로가 서 있었다.

그리고 왼편에는 한정훈이 하리모토 쇼타와 어깨를 나란히 했다.

다나카 마스히로는 하리모토 쇼타가 어린 시절 가장 먼저 목표로 삼았던 선수였다.

그리고 한정훈은 현재 하리모토 쇼타가 목표로 삼았으며

앞으로도 좇아야 하는 선수였다.

이 두 선수가 자신의 입단을 환영하기 위해 나왔다는 사실만으로도 하리모토 쇼타는 기분이 좋았다.

에이전트는 한정훈 못지않은 입단식을 치러야 한다고 고집을 부렸지만, 겉만 번지르르한 입단식보다 이런 의미 있는 입단식이 훨씬 마음에 들었다.

하지만 하리모토 쇼타의 입단식을 위해 달려온 일본 기자들의 표정은 밝지 않았다.

"이게 뭐야? 사람 차별하는 것도 아니고……."

"하아, 한정훈에게 지나치게 성대한 입단식을 열어준 게 문제라니까."

"이럴 거면 아예 비공개로 하는 게 나을 뻔했어요."

"이게 다 하리모토 쇼타가 제대로 욕심을 부리지 못해서 생긴 일입니다. 쓸데없이 한정훈에게 집착하고 있으니 원……."

일본 기자들은 하나같이 고개를 흔들어 댔다.

물론 연평균 7천만 달러 선수와 2,500만 달러 선수가 같은 대접을 받을 수는 없다는 것쯤은 다들 인지하고 있었다.

하지만 2,500만 달러나 받는 선수의 입단식치고는 조촐해 보이는 것도 사실이었다.

그나마 다행인 건 하리모토 쇼타의 좌우에 한정훈과 다나카 마스히로가 서 있다는 점이었다.

[하리모토 쇼타 양키즈 입단, 한정훈 마스히로 입단식 참석해 축하!]

[다나카 마스히로-하리모토 쇼타-한정훈. 양키즈 트로이카 시대 개막!]

일본 언론들은 입단식에 참석한 한정훈을 하리모토 쇼타의 들러리로 세우기 위해 부단히도 노력했다.

하지만 이 같은 기사는 일본에서조차 외면당하고 말았다.

ㄴ젠장. 입단한 지 고작 이틀밖에 안 됐는데 한정훈은 벌써부터 양키즈의 에이스 대접을 받고 있구나.

ㄴ어쩔 수 없잖아. 한정훈은 3억 5천만 달러를 받았다고. 그 돈을 왜 줬겠어?

ㄴ한정훈은 본래부터 에이스감이었어. 아마 다저스를 제외한 모든 구단에서 한정훈에게 에이스 자리를 내줬을걸?

ㄴ다저스 말고도 일부 구단에서는 경쟁을 치러야 했을지도 모르지. 하지만 양키즈는 아냐.

ㄴ왜 양키즈는 빼는데? 양키즈도 마스히로가 있잖아!

ㄴ냉정하게 마스히로보다는 한정훈이 에이스에 가깝지.

ㄴ맞아. 마스히로는 벌써 서른두 살이라고. 작년부터 체력적인 한계를 보였잖아.

ㄴ그래도 하리모토의 입단식 때 한정훈이 와서 기분은 좋

다. 한정훈의 입단식 때는 하리모토가 가지 않았잖아.

ㄴ이 멍청아! 그땐 하리모토가 입단 전이었으니까 그랬지. 설마 이 바보 같은 녀석처럼 멍청하게 생각하는 놈들이 또 있는 건 아니겠지?

일본 야구팬들의 외면 속에서도 일본 언론은 오프 시즌 내내 한정훈과 하리모토 쇼타를 엮어 기삿거리를 쏟아냈다.

주된 논조는 차별이었다.

한정훈과 하리모토 쇼타가 함께 입단했는데 양키즈가 지나치게 한정훈만 챙겨준다는 내용이었다.

[하리모토 쇼타 뉴욕에 500만 달러 자택 구입. 반면 한정훈은 구단 측으로부터 1천만 달러 상당의 주택 제공 받아.]

[하리모토 쇼타 시범 경기 돌입! 한정훈은 구단 배려로 개인 훈련.]

일본 언론의 편향적인 보도가 계속되자 하리모토 쇼타의 멘토를 자처했던 오타니 쇼헤가 SNS를 통해 자국 언론의 쓸데없는 이간질이 하리모토 쇼타를 힘들게 한다고 성토했다.

아울러 메이저리그를 통틀어 현시점에서 한정훈보다 완벽하게 앞선 투수는 없다며 비교 논란에 종지부를 찍었다.

그러나 일본 언론들은 한정훈과 하리모토 쇼타의 라이벌

구도를 만들기 위해 안간힘을 썼다.

다나카 마스히로가 발악 한 번 해보지 못하고 에이스 자리에서 내려온 상황에서 하리모토 쇼타까지 한정훈에게 일방적으로 밀리는 꼴을 보고 싶지 않았던 것이다.

"일본 언론은 양키즈를 특별하게 생각해. 그러니까 네가 이해해라."

다나카 마스히로는 하리모토 쇼타를 만날 때마다 언론을 신경 쓰지 말라고 다독거렸다.

에이스에 대한 욕심도 필요하지만, 일단은 메이저리그에 적응하는 게 먼저라며 진심으로 충고했다.

하지만 하리모토 쇼타는 주변의 부담을 쉽게 털어내지 못했다.

그리고 그 부담감이 시범 경기로까지 이어졌다.

따악!

요란한 타격음과 함께 타구가 쭉 뻗어 나갔다.

"젠장할."

하리모토 쇼타는 뒤를 돌아보지 않았다. 소리만으로도 홈런임을 직감한 것이다.

아니나 다를까.

"크아아!"

타구를 지켜보던 타자가 두 팔을 들어 올리며 괴성을 내질렀다. 그리고는 호들갑스럽게 그라운드를 돌았다.

성깔 좀 있는 투수라면 적당히 하라고 화를 낼 수도 있는 상황이었다.

조지 지라디 감독도 하리모토 쇼타가 마운드 위에서 조금 더 터프해지길 바랐다.

하지만 정작 하리모토 쇼타는 고개를 숙인 채 자책하기 바빴다.

시범 경기라고는 하지만 메이저리그 선수도 아니고 마이너리그 선수에게 홈런을 맞은 게 부끄러웠던 것이다.

"하아, 저 소심한 녀석 진짜."

그 모습을 더그아웃에서 지켜보던 한정훈이 고개를 흔들어 댔다.

살짝 가운데로 몰리긴 했지만 좋은 공이었다. 높이도 적당했고 무브먼트도 좋았다.

타자가 엉겁결에 휘두른 방망이에 걸리긴 했지만, 투구만 놓고 봤을 때 자책할 공이 아니었다.

그런데도 하리모토 쇼타는 자신의 공에 자신감을 잃어갔다.

포수가 몇 번이고 홈런 맞은 몸 쪽 높은 패스트볼을 요구했지만 하리모토 쇼타는 그때마다 고개를 흔들었다.

그리고 변화구 위주의 피칭으로 선회해 타자들을 상대했다.

이후 하리모토 쇼타는 더 이상 실점을 허용하지 않았다.

5이닝 동안 2개의 피안타를 더 허용했지만, 탈삼진 6개를 솎아내며 퍼펙트 피칭을 선보였다.

6이닝 3피안타 1실점.

시범 경기이긴 하지만 이 정도면 선발로서 합격점을 주기에 부족함이 없는 성적이었다.

2회 초 선두 타자에게 기습적인 솔로 홈런을 허용한 게 아쉽게 느껴질 정도였다.

하지만 조지 지라디 감독은 예정된 6이닝을 마치고 돌아온 하리모토 쇼타에게 별다른 말을 하지 않았다.

호투를 한 건 분명했지만 조지 지라디 감독의 성에는 차지 않는 투구였기 때문이다.

지난 세 차례 시범 경기에서 하리모토 쇼타는 장타를 허용한 이후 소극적인 피칭으로 일관했다.

연속해서 장타를 허용하는 게 아닌데도 홈런이나 홈런성 장타만 나오면 움츠러들었다.

그런 부분을 경기를 통해 극복하길 바랐지만 애석하게도 하리모토 쇼타는 조지 지라디 감독의 기대에 부응하지 못하고 있었다.

'100마일의 공을 던지는 투수가 저렇게 겁이 많아서야…….'

조지 지라디 감독은 터져 나오려는 한숨을 애써 되삼켰다.

그렇다고 1억 달러나 받는 팀의 주축 선수에게 피칭 스타일을 바꾸라고 대놓고 지적할 수도 없는 노릇이었다.

그래서 조지 지라디 감독은 한정훈의 시범 경기 데뷔전으로 하리모토 쇼타의 선발 경기를 잡았다.

여러모로 경쟁 관계에 있는 한정훈을 통해 하리모토 쇼타를 일깨워 주기 위해서였다.

"정훈, 잘 부탁해."

조지 지라디 감독이 투박한 한국어로 한정훈을 독려했다.

"걱정 마세요, 감독님."

한정훈이 어색한 영어로 답했다.

덕분에 통역을 위해 다가왔던 구단 직원은 머쓱한 얼굴로 제자리에 돌아가야 했다.

—와우, 드디어 나오네요.

—양키즈의 새로운 에이스! 한정훈입니다!

—오늘 내일 중으로 등판한다는 이야기가 나왔었는데 오늘 경기에 등판하게 될 줄은 몰랐습니다.

한정훈이 마운드에 오르자 시범 경기를 중계하던 양키즈 중계진이 호들갑을 떨어댔다.

3억 5천만 달러를 투자한 한정훈이 양키즈 유니폼을 입고 선보이는 첫 피칭이었다.

오늘 한정훈의 피칭 결과에 따라 양키즈의 올 시즌 운영 방향이 결정된다고 봐도 과언이 아니었다.

그래서일까. 양키즈 선수들의 얼굴에도 하나같이 긴장감이 흘렀다.

"조르디! 겁먹지 마라. 한정훈도 결국 루키일 뿐이다. 분명 잔뜩 긴장하고 있을 테니까 네가 가서 환영 인사를 날려주고 와라! 알았지?"

상대 감독도 선두 타자인 조르디 마틴을 불러 적극적인 타격을 주문했다.

3억 5천만 달러라는 몸값이 주눅 들었다가는 당장 마이너리그로 내려보내겠다는 장난스러운 협박도 덧붙였다.

"걱정 마세요, 감독님. 제 스윙으로 저 녀석의 거품까지 날려 버리겠습니다."

조르디 마틴이 자신만만한 얼굴로 대답했다.

앞선 쇼타와의 승부에서 솔로 홈런을 포함해 2안타를 때려낸 만큼 한정훈의 공도 충분히 공략해 낼 수 있다고 여겼다.

'비실비실한 아시아 선수가 던지는 공은 거기서 거기지.'

타석에 들어선 조르디 마틴이 한껏 입가를 비틀어 올렸다.

그러자 포수 제리 산체스가 한정훈에게 바깥쪽 빠지는 공을 요구했다.

하지만 한정훈은 보란 듯이 고개를 저었다.

2안타를 허용한 제리 산체스 입장에서는 까다로울지 모르겠지만, 더그아웃에서 지켜본 조르디 마틴은 약점이 많은 타자였다.

'뭐야, 첫 사인부터.'

한정훈의 도리질에 기분이 상한 제리 산체스가 이번에는 변화구 사인을 냈다.

너클 커브.

한정훈이 가끔씩 던지는 이 공이라면 조르디 마틴의 노림수에 포함되지 않을 것이라고 확신했다.

그러나 한정훈은 이번에도 고개를 흔들었다.

그리고는 투수판에서 발을 빼낸 뒤 신경질적으로 로진백을 두드렸다.

"타임!"

한정훈과 제리 산체스의 신경전을 지켜보던 조지 지라디 감독이 더그아웃 밖으로 나왔다.

그러자 제리 산체스가 기다렸다는 듯이 조지 지라디 감독 쪽으로 다가갔다.

한정훈과 사인이 맞지 않는다는 사실을 알리기 위해서였다. 하지만 조지 지라디 감독은 제리 산체스와 눈을 맞추지 않았다.

대신 곧장 심판에게 다가가 포수 교체를 알렸다.

"뭐라고요? 날 바꾼다고요?"

갑작스러운 조지 지라디 감독의 결정에 제리 산체스가 언성을 높였다.

한정훈의 몸값이 어마어마하다곤 하지만 설마하니 이런 상황에서 주전 포수를 뺄 것이라고는 전혀 예상치 못한 것이다.

그러나 조지 지라디 감독은 단호했다.

한정훈을 제대로 리드하지 못한 제리 산체스에게 단단히 실망한 듯 곧바로 더그아웃으로 몸을 돌려 버렸다.

"젠장할!"

제리 산체스가 신경질적으로 미트를 내던졌다.

그를 대신해 백업 포수로 테스트 중인 아담 앤더슨이 포수 마스크를 썼다.

"저기…… 내가 어떻게 하면 될까?"

아담 앤더슨은 곧바로 포수석으로 가지 않고 마운드에 들러 한정훈의 의사를 물었다.

한정훈의 불만스러운 몸짓에 주전 포수 제리 산체스가 교체됐다는 걸 두 눈으로 똑똑히 지켜본 이상 한정훈이 원하는 대로 리드할 생각이었다.

하지만 한정훈이 원하는 건 포수의 의사와 상관없이 제멋대로 공을 던지는 게 아니었다.

그렇다면 마운드에 서서 포수를 바라보고 있을 이유가 없었다.

"앤더슨, 부담 갖지 말고 리드해요. 원하는 대로 던져 줄 테니까."

한정훈이 가볍게 웃으며 아담 앤더슨의 어깨를 두드려 주었다.

그러면서 슬쩍 조지 지라디 감독을 바라봤다.

조지 지라디 감독은 포수 교체는 신경 쓰지 말고 편히 던지라며 수신호를 보냈다.

메이저리그 역대 최고 금액을 받고 온 선수다.

설사 시범 경기에서 부진한 모습을 보이더라도 한정훈의 입지를 흔들 생각은 눈곱만큼도 없었다.

그 점을 명확하게 하기 위해 조지 지라디 감독은 주전 포수 제리 산체스를 빼버린 것이다.

올해 제리 산체스의 연봉은 70만 달러에 불과했다.

반면 한정훈은 계약상 보장된 연봉만 6천만 달러였다.

연봉 차이가 85배나 나는 상황에서 조지 지라디 감독이 누구의 손을 들어줄지는 보지 않아도 뻔한 상황이었다.

그렇다 보니 야수들의 얼굴에도 긴장감이 어렸다.

그나마 주전 자리가 보장된 메이저리거들은 껌을 질겅질겅 씹어대며 긴장을 풀었지만, 메이저리그 입성을 노리는 마이너리그 선수들은 달랐다.

한정훈과 신경전을 벌였다는 이유만으로 주전 포수가 교체된 상황에서 실책이라도 나온다면?

시범 경기가 끝나기도 전에 마이너리그로 내려가야 할지 몰랐다.

그런 분위기가 자연스럽게 한정훈에게까지 전해졌다.

덕분에 한정훈도 오랜만에 심장이 쫄깃해지는 기분이 들

었다.

"여우라는 소리는 들었지만, 처음부터 장난 아닌데?"

다른 이들은 모르겠지만, 한정훈은 조지 지라디 감독의 노림수가 훤히 보였다.

표면적으로 제리 산체스의 교체는 에이스 투수를 제대로 리드하지 못하는 주전 포수에 대한 질책이 담겨 있었다.

하지만 그 일면에는 제리 산체스를 믿지 못하는 한정훈에 대한 불만도 함께 포함되어 있었다.

만약 조지 지라디 감독이 한정훈의 마음을 편하게 만들어 주려 했다면 경험 많은 저스틴 로마인을 포수석에 앉혔을 것이다.

양키즈 주전 포수였다가 재작년부터 지명타자로 출전하기 시작한 브라이언 마칸이라는 대안도 있었다.

하지만 조지 지라디 감독의 선택은 마이너리그에서 콜업한 아담 앤더슨이었다.

경험과 데이터를 갖춘 주전 포수 제리 산체스가 싫다면 경험도 없고 타자를 상대하는 방법도 모르는 아담 앤더슨과 호흡을 맞춰 보라는 소리였다.

"어찌한다."

로진백을 두드리며 한정훈은 잠시 고심했다.

조지 지라디 감독에게 적당히 사과의 제스처를 취할 것인가.

아니면 자신의 실력을 입증해 조지 지라디 감독에게 인정을 받을 것인가.

포수석에 앉기가 무섭게 더그아웃만 바라보는 아담 앤더슨의 리드를 100% 신뢰하기란 한계가 있었다.

그렇다고 메이저리그 첫 등판에서부터 독불장군처럼 굴고 싶지는 않았다.

"까짓것 시범 경기니까."

한정훈은 길게 숨을 골랐다. 그리고 아담 앤더슨의 사인을 기다렸다.

배터리 코치와 의견을 조율한 듯 아담 앤더슨이 몸 쪽 꽉 찬 패스트볼을 요구했다.

한정훈은 고개를 끄덕거렸다.

타자가 컨디션 좋은 조르디 마틴이라는 사실은 잊었다.

하리모토 쇼타가 이 몸 쪽 공을 던지다 조르디 마틴에게 홈런과 2루타를 얻어맞았다는 사실도 머릿속에서 지웠다.

'온다!'

한정훈이 투수판을 밟자 조르디 마틴이 까닥거리던 방망이를 멈췄다.

그리고는 이를 단단히 깨문 채 곧장 테이크 백에 들어갔다.

후아앗!

한정훈의 손끝을 빠져나온 공이 순식간에 조르디 마틴의 몸 쪽으로 붙어 들었다.

"몸 쪽!"

조르디 마틴도 지지 않고 방망이를 휘돌렸다.

"멍청한!"

더그아웃에서 그 대결을 지켜보던 제리 산체스가 눈가를 찌푸렸다.

한정훈이 최고 구속 104mile/h(≒167.3㎞/h)의 포심 패스트볼을 던진다고 하지만 고작 구속만으로 타자를 이기기란 쉽지 않았다.

더욱이 조르디 마틴은 내셔널스에서 제2의 브레이브스 하퍼로 점찍고 있는 타자였다.

그의 파괴력은 메이저리그 거포들과 비교해도 손색이 없다는 의견이 지배적이었다.

그런 타자에게 초구부터 겁도 없이 몸 쪽 패스트볼이라니.

이건 치라고 던져 주는 공과 다름없었다.

한정훈의 공이 중간 지점에 도착했을 때만 하더라도 조르디 마틴은 미소를 잃지 않았다.

한정훈의 빠른 공에 대비해, 한 템포 빨리 방망이를 휘두른 게 제대로 걸렸다고 생각했다.

하지만 정작 한정훈의 공은 조르디 마틴의 예상보다 먼저 홈 플레이트를 스쳐 지났다.

마치 마지막 순간에 가속이라도 한 것처럼 말이다.

퍼엉!

묵직한 포구 소리가 경기장에 울려 퍼졌다. 뒤이어 놀라운 구속이 전광판에 찍혔다.

102mile/h(≒164.1㎞/h).

훈련이 다소 부족하다며 시범 경기 출전을 늦췄던 한정훈이 초구부터 100mile/h이 넘는 포심 패스트볼로 메이저리그 꿈나무 조르디 마틴을 윽박지른 것이다.

"와우!"

조지 지라디 감독의 입에서 탄성이 터져 나왔다.

주전 포수가 아닌 백업 포수를 상대로 저런 공을 던질 수 있다니.

투수로서의 재능만큼이나 배짱에 감탄을 참기 어려웠다.

놀란 건 상대팀 감독, 저스티 베이커도 마찬가지였다.

"오늘 한정훈은 충분히 해볼 만하다며?"

저스티 베이커가 마이클 매덕스 벤치 코치를 바라봤다.

그러자 마이클 매덕스 코치가 어깨를 으쓱거렸다.

"104마일을 던지는 투수가 102마일밖에 안 나왔다면 준비가 덜 된 거 아니에요?"

"허, 마이클. 지금 나랑 말장난하자는 거야?"

"진정해요, 저스티. 오늘이 첫 등판이고 아직 몸이 100퍼센트 만들어지지 않았다는 언론 기사가 떠돌고 있으니 싸워

볼 만할 줄 알았죠."

마이클 매덕스 벤치 코치가 그답지 않은 변명을 늘어놓았다.

억대 계약을 맛본 대부분의 선수처럼 한정훈도 제 실력을 보이기까지는 제법 시간이 걸릴 것이라 여겼다.

설마하니 시범 경기가 다 끝날 무렵에야 모습을 드러낸 한정훈이 초구부터 102mile/h의 패스트볼을 던질 줄은 예상하지 못했다.

하지만 정작 한정훈은 자신의 공이 썩 마음에 들지 않았다.

구속을 떠나 아직까지도 메이저리그 공인구에 대한 이질감이 남은 탓이었다.

메이저리그 공인구는 국내 프로야구에서 사용하는 공인구보다 조금 크고 미끄러웠다.

게다가 실밥 자체가 도드라지지 않아서 채는 느낌이 덜했다.

그 이질감을 극복하기 위해 한정훈은 시범 경기 출전도 미루고 개인 훈련에 매진했다.

그러나 어느 정도 메이저리그 익숙해진 지금까지도 채는 느낌이 낯설기만 했다.

그래서인지 공도 예상보다 다소 높게 날아갔다.

특별히 조르디 마틴을 의식한 게 아닌데도 말이다.

"후우……."

천천히 숨을 고르며 한정훈은 아담 앤더슨을 바라봤다.

초구에 날아든 엄청난 포심 패스트볼 덕분일까.

아담 앤더스는 또다시 몸 쪽 공을 요구했다.

만약 다른 투수 같았다면 머뭇거렸을 것이다.

손에서 겉도는 듯한 공인구로 앞선 타석에서 큼지막한 홈런을 때려낸 강타자에게 같은 코스의 공을 연달아 던진다는 건 어지간한 배짱으로는 불가능한 일이었다.

하지만 한정훈은 대수롭지 않게 고개를 끄덕거렸다.

아담 앤더슨의 무모한 리드가 박기완처럼 느껴진 것이다.

게다가 타석에 선 조르디 마틴의 표정도 마음에 들었다.

초구를 던지기 전까지만 해도 조르디 마틴은 하이에나였다.

한정훈이 강하다 해도 어떻게든 약점을 파고들어 물어뜯어 버리겠다는 투지가 얼굴에 가득 차 있었다.

그러나 초구를 맛본 조르디 마틴은 반쯤 겁에 질려 있었다.

겁도 없이 사자 꽁무니를 쫓다가 사자의 앞발에 한 방 제대로 얻어맞기라도 한 것처럼 말이다.

지금 이 순간, 조르디 마틴이 가장 피하고 싶은 공은 초구처럼 몸 쪽에 꽉 차게 들어오는 포심 패스트볼일 것이다.

같은 포심 패스트볼이라면 코스라도 다르게 들어오길 바

랄 터였다.

그래야 한숨 돌리며 불씨만 남은 투쟁심을 지필 수 있을 테니까.

하지만 불행히도 조르디 마틴이 마주한 투수는 그렇게 너그러운 선수가 아니었다.

촤라라랏!

한정훈의 스파이크가 흙먼지를 일으켰다.

뒤이어 총알처럼 날아든 공이 순식간에 조르디 마틴의 배팅 존을 꿰뚫고 사라졌다.

퍼엉!

뒤이어 울린 묵직한 포구 음에 조르디 마틴은 황망한 얼굴로 고개를 돌렸다.

그리고 포구 위치를 확인하고는 질근 입술을 깨물고 말았다.

—와우! 한정훈! 초구에 이어 2구째도 무서운 공을 던졌습니다.

—초구와 똑같은 코스였죠?

—초구보다 살짝 낮았지만 거의 같은 공으로 보여집니다.

—구속은 이번에도 102mile/h이네요.

—초구와 똑같은 공이 날아왔는데 조르디 마틴은 방망이를 휘둘러 보지도 못했습니다.

—한정훈 선수에게 완전히 겁을 집어먹었네요.

—어쩌면 삼진을 인정하고 이대로 더그아웃에 들어가고 싶을지도 모르겠습니다.

양키즈 중계진은 한정훈의 강력한 포심 패스트볼에 조르디 마틴이 바짝 얼어붙었다며 놀려댔다.

하지만 고작 그 정도밖에 안 되는 선수였다면 시범 경기 막판까지 브레이브스 하퍼를 대신해 4번 타자로 기용되지도 않았을 것이다.

"크아아아!"

잠시 타석 밖으로 나갔던 조르디 마틴이 괴성을 내질렀다.

그리고는 손으로 제 뺨을 힘껏 두드렸다.

"오! 또 나왔다."

"저 녀석, 단단히 열이 받은 모양인데?"

순간 내셔널스 더그아웃이 웅성거렸다.

제 뺨을 때리는 듯한 행동은 조르디 마틴이 만만찮은 투수를 만나 고전할 때마다 선보이는 일종의 각성 퍼포먼스였다.

실제로 이 각성 퍼포먼스 이후 조르디 마틴의 성적은 좋았다.

7타수 4안타 2홈런 5타점.

저스티 베이커 감독이 조르디 마틴을 꾸준히 4번 타자에 기용하는 주된 이유도 바로 이 같은 승부욕 때문이었다.

"괴물 대 괴물의 대결인가?"

"조르디 저 녀석, 저러다 정말 한정훈까지 잡는 거 아냐?"

선수들의 기대 어린 시선이 조르디 마틴에게 향했다.

정확하게는 조르디 마틴의 타격 존으로 모여들었다.

바로 저 공간에서 이번 대결의 승자와 패자가 결정될 것이기 때문이었다.

그 순간 한정훈이 왼 다리를 힘껏 차올렸다.

그리고는 있는 힘껏 공을 내던졌다.

후아앗!

한정훈의 손끝을 총알처럼 빠져나온 공이 또다시 조르디 마틴의 몸 쪽으로 향했다.

'이 자식이!'

순간 조르디 마틴은 이를 악물었다.

다양한 패스트볼을 던지는 만큼 특정 구종을 확신하긴 어려웠지만, 느낌상 포심 패스트볼이 틀림없어 보였다.

초구, 2구로도 모자라 3구 연속 같은 코스에 같은 구종의 공을 던진다는 것.

이건 자신을 완전히 깔보고 있다는 소리였다.

'절대 안 져!'

조르디 마틴이 있는 힘껏 방망이를 휘둘렀다.

평소 크다고 지적받았던 테이크 백 동작까지 생략한 채 어떻게든 한정훈의 공을 맞추겠다는 일념으로 공을 좇았다.

하지만 마이너리그도 아니고 메이저리그에서 그런 어정쩡한 스윙이 먹혀들 리 없었다.

후웅!

퍼엉!

스윙 소리와 포구음 소리가 동시에 울렸다. 뒤이어 구심이 요란스럽게 스트라이크 삼진을 외쳤다.

—여러분! 보셨습니까?

—이게 바로 양키즈의 에이스, 한정훈입니다!

기다렸던 에이스의 귀환에 양키즈 중계진이 자리에서 벌떡 일어나 소리를 내질렀다.

반면 믿었던 슈퍼 루키의 참패에 내셔널스 중계진은 한동안 깊은 침묵에서 벗어나지 못했다.

70장
핀 스트라이프(2)

“스트라이크 아웃!”

“스트라이크 아웃!”

한정훈은 내셔널스의 4, 5, 6번 타자를 전부 3구 삼진으로 돌려세웠다.

그것도 포심 패스트볼만 9개를 던져 타자들을 윽박질렀다.

저스티 베이커 감독이 일부러 빠른 공에 강한 타자들을 대타로 내세웠지만, 그들 중 누구도 한정훈의 공을 건드리지 못했다.

한정훈이 순식간에 세 타자를 삼진으로 돌려세우고 내려오자 양키즈 더그아웃이 소란스러워졌다.

"나이스 피칭!"

"오늘 공 죽이는데?"

선수들은 앞다투어 한정훈에게 손을 내밀었다.

비록 한 이닝에 불과했지만, 순식간에 경기 흐름을 바꿔 버리는 한정훈의 피칭에 감탄한 얼굴들이었다.

"정훈! 살살 해! 시범 경기라니까?"

래리 로스 투수 코치가 다가와 한정훈과 손뼉을 부딪쳤다.

한정훈이 잘해줄 것이라고 믿긴 했지만, 첫 등판부터 흠잡을 데 없는 완벽한 투구를 펼쳐 주니 웃음이 사라지질 않았다.

그사이 로비 토마스 벤치 코치가 구석으로 포수 아담 앤더슨을 불렀다.

그리고 한정훈의 공을 받은 느낌을 물었다.

"모르겠어요."

"모르겠다니? 네가 한정훈의 공을 받았잖아?"

"전 그냥 미트를 들어 올린 게 전부예요. 사인도 코치님이 내주신 걸 힐끔거리면서 낸 거고요."

"그래도 포수로서 느낌 같은 게 있을 거 아냐?"

"설마 저더러 3억 5천만 달러를 받는 슈퍼 에이스를 평가하라는 말씀은 아니죠?"

"평가까진 아니어도 좋으니까 뭐든 말해보란 말이야."

"하아, 그럼 이걸 좀 보세요."

아담 앤더슨이 장갑을 끼고 있던 오른손을 내보였다.

순간 로비 토마스 벤치 코치의 입에서 헛웃음이 터져 나왔다.

고작 공 9개를 받았을 뿐인데 아담 앤더슨의 손바닥에는 시퍼런 멍이 번져 있었다.

"웹이 아니라 포켓으로 잡은 거야?"

로비 토마스 벤치 코치가 한마디 했다.

캐칭의 기본은 포켓이 아니라 웹으로 공을 잡는 것이다.

한정훈이 다양한 구종을 던진 것도 아니고 포심 패스트볼 하나만 던졌는데 웹으로 잡아내지 못했다는 건 아직 메이저리그에 머물 자격이 없다는 소리나 다름없었다.

"두 개는요."

아담 앤더슨이 선선히 시인했다.

손에 멍까지 보여줘 놓고 실수였다고 둘러대고 싶진 않았다.

그러자 로비 토마스 벤치 코치가 눈을 치떴다.

"두 개? 나머지는 제대로 잡았단 말이지?"

전광판에 찍힌 한정훈의 최고 구속은 102mile/h(≒164.1㎞/h).

마이너리그에 100마일의 공을 던지는 투수가 많다지만 한정훈처럼 무브먼트가 좋은 공을 완벽에 가깝게 제구해서 던지는 투수는 드물었다.

그런 점에서 한정훈의 공은 단순히 빠르기만 한 공의 수준을 넘어선 지 오래였다.

아담 앤더슨이 스크리튼(양키즈 산하 트리플 A 구단)에 머무르며 수준급 투수들의 공을 받아왔다고는 하지만 한정훈의 공을 완벽하게 받아낼 것이라고는 기대하지 않았다.

그런데 9개 중 7개를 받아냈다니.

이건 뜻밖의 수확이나 마찬가지였다.

하지만 아담 앤더슨은 냉큼 고개를 흔들어 댔다.

"제가 제대로 잡은 건 하나도 없어요. 그냥 미트에 와서 박힌 느낌이에요."

"그건 또 무슨 말이야?"

"한정훈이 던진 공은 전부 같은 코스였다고요. 전 정말로 미트를 들어 올린 게 전부였다니까요?"

정확한 속사정을 전해 들은 로비 토마스 벤치 코치는 또 한 번 헛웃음을 터뜨리고 말았다.

한정훈이 조르디 마틴을 3구 삼진으로 잡아낸 이후로 로비 토마스 벤치 코치는 더 이상 사인을 내지 않았다.

정확하게는 사인을 낼 필요가 없다고 여겼다.

그래서 아담 앤더슨이 고개를 돌릴 때마다 잘하고 있다는 사인을 보냈다.

한정훈의 컨디션이 좋은 만큼 아담 앤더슨이 자의적으로 사인을 내도 무방하다는 신호였다.

그런데 아담 앤더슨은 그 사인을 잘못 이해했다.

조르디 마틴 타석 때처럼 계속해서 몸 쪽 패스트볼 승부를 이어가라는 뜻으로 받아들인 것이다.

그 결과가 9구 연속 몸 쪽 패스트볼이었다.

게다가 코스도 거의 비슷했다.

타자 무릎 위쪽을 스쳐 지나는 코스.

완벽한 타이밍에서 때려내지 못하는 한 파울밖에 나지 않는 코스.

여차하면 방망이를 돌릴 기회조차 놓치고 마는 코스.

그 코스로 한정훈은 9개의 포심 패스트볼을 정확하게 꽂아 넣었다.

덕분에 아담 앤더슨도 힘겹게 공을 받아낼 수 있었던 것이다.

로비 토마스 벤치 코지는 이 같은 이야기를 조지 지라디 감독에게 전했다.

그러자 조지 지라디 감독이 고개를 끄덕거리고는 통역과 함께 한정훈에게 다가갔다.

"컨디션은 어때?"

"나쁘지 않습니다."

"남은 두 이닝, 더 던질 수 있겠어?"

조지 지라디 감독이 한정훈을 바라봤다.

본래 오늘은 1이닝 투구가 예정되어 있었지만, 생각 이상으로 한정훈의 공이 좋은 만큼 조금 더 마운드에서 지켜보고

싫어졌다.

"네, 상관없습니다."

한정훈도 기다렸다는 듯이 고개를 끄덕거렸다.

그렇지 않아도 연달아 포심 패스트볼을 던지면서 손가락에 미세한 느낌이 살아나는 듯한 기분이 들었다.

그래서 조지 지라디 감독이 투수 교체를 알린다면 불펜에 가서 추가로 몸을 풀 생각까지 하고 있었다.

"좋아. 그렇다면……."

조지 지라디 감독은 아담 앤더슨을 대신해 저스틴 로마인에게 포수 마스크를 넘겼다.

한정훈의 포심 패스트볼을 힘겹게 잡아내는 아담 앤더슨에게 더 이상 이닝을 맡기는 건 무리라고 판단했다.

"정훈, 괜찮다면 공 몇 개만 받아볼 수 있을까?"

포수 장비를 착용하기가 무섭게 저스틴 로마인이 한정훈에게 다가갔다.

에이스의 등판 때문일까.

잠잠하던 타선이 폭발하면서 1 대 0이던 점수가 순식간에 3 대 1로 뒤집혀 있었다.

시범 경기 특성상 저스티 베이커 감독도 승리보다는 메이저리그로 콜업된 투수들의 기량 점검에 집중할 가능성이 높았다.

그렇게 되면 한정훈과 저스틴 로마인의 대기시간은 더욱

길어질 수밖에 없었다.

"좋아."

한정훈이 선선히 고개를 끄덕였다.

그리고 저스틴 로마인과 함께 불펜으로 향했다.

이후에도 양키즈의 공격은 좀처럼 끝이 나질 않았다.

오죽했으면 조지 지라디 감독이 불펜에 전화를 넣어 한정훈의 상태를 체크할 정도였다.

그렇게 30분의 길고 긴 공격이 끝나고 8회 초, 한정훈이 또다시 마운드에 올랐다.

불펜에 들어갔다 나온 사이에 전광판의 점수는 확연하게 달라져 있었다.

7 대 1.

단 3개뿐이던 안타 숫자도 10개로 늘어나 있었다.

그래서인지 저스티 베이커 감독은 연속해서 비주전급 타자들을 타석에 내세웠다.

승기가 완전히 넘어간 경기에서 굳이 주전 선수들을 고생시킬 필요가 없다고 판단한 것이다.

그러면서도 저스티 베이커 감독은 반전의 시나리오까지 포기하진 않았다.

오래 쉰 한정훈의 투구 밸런스가 무너지면서 컨트롤이 흐트러지면 어떻게든 기회가 생길 터.

타자들이 그런 한정훈의 실투를 놓치지 않고 공략하면서

경기 흐름이 다시 팽팽해지기를 기대했다.

하지만 한정훈은 초구부터 102mile/h(≒164.1㎞/h)의 포심 패스트볼을 꽂아 넣으며 저스티 베이커 감독의 기대를 부숴 버렸다.

게다가 이번 공은 바깥쪽으로 꽉 차게 형성이 되었다.

그렇다 보니 몸 쪽 공을 노리던 7번 타자 벤 브라이언트는 감히 방망이조차 휘둘러 보지 못했다.

"젠장할."

벤 브라이언트가 입술을 깨물었다.

마이너리그에서도 100마일대의 빠른 공을 수없이 봐왔지만, 한정훈의 공처럼 순식간에 시야 너머로 사라져 버리는 공은 처음이었다.

"후우……."

애써 숨을 고른 뒤 벤 브라이언트는 다시 방망이를 추켜들었다.

그리고는 한정훈이 공을 던지기도 전에 테이크 백 동작에 들어갔다.

저스티 베이커 감독이 준 기회를 어떻게든 살려보려고 발버둥을 친 것이다.

만약 포수 마스크를 쓴 게 아담 앤더슨이었다면 별생각 없이 포심 패스트볼을 요구했을 것이다.

그 과정에서 벤 브라이언트의 바람대로 한정훈의 포심 패스트볼을 건드리게 되는 상황이 발생할지도 몰랐다.

그러나 애석하게도 지금 포수석에 앉은 건 경험 많은 저스틴 로마인이었다.

서른 중반의 나이임에도 제리 산체스에게 밀려 백업 포수 신세를 벗어나지 못하고 있지만 벤 브라이언트가 무엇을 노리고 있는지 정도는 훤히 보였다.

'그렇다면…….'

저스틴 로마인이 손가락을 움직였다. 사인을 확인한 한정훈은 피식 웃음을 흘렸다.

아담 앤더슨의 거침없는 리드도 나쁘지 않았지만 역시나 저스틴 로마인 같은 베테랑 투수와 호흡을 맞추는 게 마음이 편했다.

사인 하나만으로 타자가 무엇을 원하고 있고 어떻게 공략하는 게 효과적인지에 대한 의사소통이 가능해지기 때문이었다.

한정훈은 가볍게 고개를 끄덕였다.

그리고 저스틴 로마인의 미트를 향해 빠르게 공을 내던졌다.

후아앗!

한정훈의 손끝에서 공이 빠져나오기가 무섭게 벤 브라이언트의 방망이가 움직였다.

하지만 포심 패스트볼처럼 날아들던 공은 어느 순간 느려

지더니 벤 브라이언트의 방망이가 허공을 가른 뒤에야 느긋하게 홈 플레이트 앞에 도착했다.

—와우!

—한정훈! 오늘 경기에서 처음으로 체인지업을 던졌습니다.

—너무나 아름다운 체인지업입니다.

—앞선 10개의 포심 패스트볼 덕분에 그 누구도 치지 못할 완벽한 체인지업이 되어버렸습니다.

—벤 브라이언트 선수 얼굴을 보세요. 헛스윙을 한 다음에도 무슨 일이 벌어졌는지 전혀 이해하지 못하고 있네요.

—머릿속에는 포심 패스트볼 생각만 가득했을 테니까요. 어쨌든 이번 체인지업을 통해 내셔널스 타자들의 머릿속이 더욱 복잡해질 것 같습니다.

2구째 체인지업의 영향 때문일까.

벤 브라이언트는 3구째 바깥쪽 높게 날아든 포심 패스트볼에 허망하게 방망이를 내밀고 말았다.

포구 위치는 볼이었지만 투 스트라이크로 몰린 벤 브라이언트에게는 코스를 판단할 여유가 없었다.

"포심 패스트볼은 무리야. 체인지업을 노리자."

벤 브라이언트에 이어 우타석에 들어선 테일 그레이스는

아예 포심 패스트볼을 포기했다.

타자들의 스윙보다 한발 앞서 홈 플레이트를 가로지르는 포심 패스트볼을 노려봐야 승산이 없다고 판단한 것이다.

그런 테일 그레이스를 상대로 저스틴 로마인은 초구와 2구 연속으로 몸 쪽을 파고드는 포심 패스트볼을 주문했다.

펑!

퍼엉!

대각선으로 날아들어 홈 플레이트를 날카롭게 파고든 101mile/h(≒162.5km/h)의 포심 패스트볼은 전부 스트라이크 판정을 받았다.

테일 그레이스가 깊었다고 항의했지만 구심은 단호하게 고개를 저었다.

설사 공이 몸 쪽으로 치우쳤다 하더라도 아직 메이저리그에서 자리조차 잡지 못한 테일 그레이스의 항의가 구심의 귀에 들릴 리 없었다.

"젠장할!"

약이 바짝 오른 테일 그레이스는 방망이를 힘껏 움켜쥐었다.

그리고 내심 몸 쪽 패스트볼을 기다렸다.

앞선 이닝에서 타자들을 3구 삼진으로 돌려세울 때처럼 한정훈이 또다시 같은 코스로 같은 공을 던질 것이라고 예상한 것이다.

하지만 저스틴 로마인은 테일 그레이스가 원하는 공을 던져 줄 생각이 눈곱만큼도 없었다.

저스틴 로마인이 엄지와 검지를 펼쳤다.

그리고 테일 그레이스의 몸 쪽으로 글러브를 가져다 붙였다.

'이 자식들이!'

저스틴 로마인의 움직임을 느낀 테일 그레이스가 입술을 질근 깨물었다.

예상처럼 정말로 몸 쪽 패스트볼이 날아들 거라 생각하니 속이 부글부글 끓어올랐다.

'이번에는 기필코 친다!'

벤 브라이언트처럼 테일 그레이스는 한정훈이 투구 동작에 들어가기가 무섭게 방망이를 휘돌렸다.

다행히도 한정훈의 손끝을 빠져나온 공은 마지막까지 빠른 속도로 홈 플레이트를 향해 날아들었다.

'잡았다!'

방망이에 공이 걸려들 것 같은 느낌이 들자 테일 그레이스가 눈을 번뜩였다.

3억 5천만 달러라는 어마어마한 거금을 받고 양키즈에 입단한 건방진 동양 투수를 처음으로 두들길 수 있다는 생각에 머리털이 쭈뼛 곤두서기까지 했다.

그러나 테일 그레이스의 방망이가 공을 잡아먹기 위해 빠르게 홈 플레이트 위를 빠져나온 순간, 공은 기다렸다는 듯이 테일 그레이스의 몸 쪽으로 말려 들어갔다.

그리고는 자신만만하던 테일 그레이스의 얼굴을 와락 일그러뜨린 채 그대로 저스틴 로마인의 미트 속으로 파고들었다.

퍼엉!

묵직한 포구음과 함께 양키즈 중계석이 다시 한번 들썩거렸다.

–와우!

–이번에는 J–스플리터네요.

–벤 브라이언트는 체인지업이었는데요.

–포심 패스트볼만 노리던 타자들을 제대로 골탕 먹이고 있습니다.

–포심 패스트볼을 던졌더라도 충분히 승부가 됐을 것 같은데요?

–물론 마지막에 보여준 테일 그레이스의 스윙으로는 한정훈의 포심 패스트볼을 잡기가 불가능해 보입니다. 하지만 다양한 구종을 가지고 있는 한정훈이 굳이 테일 그레이스에게 맞춰서 싸울 필요는 없겠죠.

–하하. 쉽게 말해 격이 다르다는 이야기네요.

–그렇습니다. 고작 포심 패스트볼밖에 노리지 못하는 타

자에게 포심 패스트볼을 던져 주는 건 지나친 배려거든요. 메이저리그에서 성공하려면 투수가 어떤 공을 던지더라도 감각적으로 대응할 필요가 있습니다.

—그런 점에서 한정훈이 냉철한 교수 같은 역할을 해줬네요.

—솔직히 너무 관대한 교수죠. 포심 패스트볼 두 개와 J-스플리터 하나가 전부 같은 코스였으니까요.

—테일 그레이스는 한정훈 교수의 기초적인 테스트조차 통과하지 못했습니다.

—이 정도면 낙제죠. 마이너리그에서 다시 배워야 해요.

양키즈 해설진의 만담 속에 한정훈은 9번 타자도 3구 삼진으로 돌려세우고 마운드를 내려왔다.

7회에 이어 8회에도 완벽한 피칭이었다.

하지만 정작 양키즈 선수들은 7회처럼 한정훈에게 쉽게 손바닥을 내밀지 못했다.

2이닝 동안 6타자를 상대로 연속 탈삼진을 잡아냈다. 그것도 연속 3구 삼진이었다.

투구 수는 고작 18개.

제구력이 좋지 않은 투수가 1이닝을 소화할 투구 수로 2이닝을 홀로 책임졌다.

덕분에 1루수는 단 한 번도 1루 베이스에 발을 붙이지 못했다.

물론 7, 8회에 상대한 타자들이 주전급 선수가 아니라는 이점은 있었다.

거기다 절반은 마이너리그 선수들이었다.

그러나 메이저리그에 잔류하기 위해 발버둥을 치는 그들을 우습게 볼 수는 없었다.

실제 시범 경기에서는 주전급 선수들보다 비주전급 선수들의 성적이 더 좋은 게 일반적이었다.

그런데도 단 한 명의 타자도 한정훈의 공을 건드리지 못했다.

심지어 아슬아슬하다는 느낌조차 없을 만큼 압도적이었다.

이 정도면 강하다는 표현은 한참 뛰어넘어 버렸다.

경이롭다는 단어로도 한정훈을 설명하기 어려워 보였다.

그러다 보니 떠오른 게 바로 두려움.

'이 녀석…… 정말 장난 아니잖아?'

'한정훈이 양키즈에 와서 정말 다행이야. 만약 보스턴에 갔다면 올 시즌 타율이 2푼은 떨어졌을 거야.'

대량 득점 이후 더그아웃의 분위기를 주도했던 타자들은 한정훈을 괴물 보듯 바라봤다.

투수들도 마찬가지.

자신들이 한정훈과 비교 대상이 된다는 생각만으로도 벌

써부터 질린다는 표정이었다.

"나이스 피칭."

쭈뼛거리는 선수들을 대신해 다나카 마스히로가 손바닥을 들어 올렸다.

"고마워요."

한정훈이 다나카 마스히로의 손바닥에 주먹을 가져다 댔다.

그러자 다나카 마스히로가 멋쩍게 웃으며 말했다.

"네가 이해해. 레전드들이 떠난 이후로 확실한 리더가 없는 상태거든."

현재 양키즈는 2018년부터 본격적으로 진행된 리빌딩이 얼추 끝나가는 과정에 있었다.

양키즈 더그아웃을 대충 훑어보면 경험 많은 베테랑은 눈에 잘 들어오지 않았다.

대신 패기 넘치는 젊은 선수가 넘쳐났다.

벤치가 전반적으로 젊어진 느낌마저 들었다.

약물 논란으로 명예에 금이 가긴 했지만 양키즈의 전성기와 함께했던 알레스 로드리게스를 필두로 지코비 엘스버리, 마이크 테이세이라, 브릿 가드너, 카를로스 베트라까지 양키즈 타선을 화려하게 수놓았던 타자는 한정훈이 입단하기 전, 전부 은퇴를 한 상태였다.

투수진도 마찬가지.

JJ 사바시아가 야구복을 벗고 노장들이 순차적으로 정리되면서 88년생인 다나카 마스히로가 최고참 투수가 된 상태였다.

지난 5년여간의 노력 끝에 양키즈는 그토록 바라던 노인정이라는 이미지에서 벗어나는 데 성공했다.

하지만 그만큼 팀 케미스트리는 약해졌다.

이렇다 할 슈퍼스타가 없는 가운데 주전급 선수 대부분이 나이가 비슷(80년도 후반~90년도 초반)하다 보니 경쟁의식이 상당했다.

그리고 그 지나친 경쟁심은 팀에 플러스가 아니라 마이너스가 되어가고 있었다.

젊은 선수들의 표정에 얽힌 복잡한 감정 속에는 한정훈의 재능을 향한 필요 이상의 질투심이 강하게 자리 잡고 있었다.

그리고 그 질투심은 개개인의 자존심을 건드리며 한정훈을 온전히 받아들이지 못하게 만들고 있었다.

하지만 한정훈은 그런 주변의 분위기를 크게 신경 쓰지 않았다.

한 살 어린 나이에 청소년 대표팀 에이스 자리를 꿰찼을 때부터 이런저런 견제는 이골이 날 정도로 겪었기 때문이다.

"내일 선발인데 컨디션은 어때요?"

한정훈이 능청스럽게 화제를 돌렸다. 그러자 다나카 마스히로기 피식 웃음을 흘렸다.

“컨디션이랄 게 있나. 시범 경기일 뿐인데.”

선발이 보장된 다나카 마스히로의 표정은 제법 여유로웠다.

한정훈과 하리모토 쇼타가 들어오기 전까지 수년간 양키즈의 에이스 노릇을 해온 탓인지 시범 경기 성적에 큰 의미를 두진 않았다.

물론 뉴욕 언론들은 시범 경기를 통해 다나카 마스히로가 최소한 2선발의 자존심은 지켜야 한다고 말했다.

전성기가 지난 만큼 3억 5천만 달러를 받는 한정훈과의 경쟁은 힘들겠지만 하리모토 쇼타가 자리를 잡을 때까지는 2선발급의 활약을 펼쳐 줘야 한다는 것이었다.

그러나 다나카 마스히로는 주변의 기대감에 고개를 저었다.

양키즈의 미래를 위해서라도 젊고 강한 한정훈과 하리모토 쇼타가 마운드의 기둥이 되어줘야 한다며 3선발 보직 변경을 흔쾌히 받아들였다.

실제로 시범 경기 내내 다나카 마스히로는 하리모토 쇼타의 다음 순번에서 공을 던졌다.

하지만 하리모토 쇼타가 기대만큼의 신뢰를 보여주지 못하면서 언론은 다나카 마스히로의 2선발 설에 다시 불을 지피고 있었다.

개인적으로 한정훈도 당분간은 다나카 마스히로가 2선발 역할을 해주는 편이 낫다고 여겼다.

하리모토 쇼타의 시범 경기 성적이 나쁜 건 아니지만, 메이저리그에 적응하는 데 어느 정도 시간이 필요해 보이는 것도 사실이었다.

하리모토 쇼타는 오늘까지 4경기에 등판해 2승 1패.

20이닝을 던지며 7실점 했다.

평균 자책점은 3.15로 데뷔 시즌인 걸 감안한다면 충분히 박수를 받을 만한 성적이었다.

하지만 경기 내용을 자세히 들여다보면 이야기는 달랐다.

모든 실점을 홈런으로만 내줬다.

오늘 경기까지 피홈런이 무려 6개.

시범 경기에 참가 중인 양키즈 투수를 통틀어 가장 많은 홈런을 허용하고 있었다.

스위트 스폿을 벗어난 타구가 장타가 되고 담장을 넘어가는 일이 잦아지자 하리모토 쇼타는 소극적으로 변했다.

재팬햄의 에이스로 활약하던 시절 보여주었던 특유의 공격적인 피칭은 사라지고 유인구를 남발하는 전형적인 느낌의 아시아 투수가 되어버렸다.

하리모토 쇼타도 경기마다 마음을 다잡으며 애를 썼지만 장타만 나오면 다시 새가슴으로 돌아가는 증상은 고쳐지지 않았다.

이런 상황에서 하리모토 쇼타에게 2선발의 중책을 맡기는 건 현실적으로 어려워 보였다.

그런 한정훈의 속마음이 눈빛을 통해 전해진 것일까.

다나카 마스히로의 시선이 구석에 앉아 있는 하리모토 쇼타를 살폈다.

하리모토 쇼타는 아직까지도 자책과 반성의 시간에서 벗어나지 못하고 있었다.

더욱이 라이벌 한정훈이 조르디 마틴을 3구 삼진으로 돌려세우는 모습을 두 눈으로 지켜봐야 했으니 마음이 더욱 심란할 수밖에 없었다.

"후우……."

다나카 마스히로의 입에서 무거운 한숨이 흘러나왔다.

그럴수록 눈앞에 앉아 있는 한정훈이 대단하게만 느껴졌다.

한정훈은 하리모토 쇼타보다 한 살 어렸다. 아니, 현재 더그아웃에 앉아 있는 선수들을 통틀어 가장 어렸다.

그런데도 한정훈은 마운드 위에서 한 치의 흐트러짐도 없었다.

그 모습이 다나카 마스히로의 눈에도 믿음직스럽게 보였다.

'쇼타가 한정훈처럼 되길 바라는 건…… 너무 큰 욕심일까?'

글러브를 챙겨 들고 자리에서 일어선 한정훈을 바라보던 다나카 마스히로의 시선이 다시 하리모토 쇼타에게 향했다.

큰 점수 차이 때문일까.

한정훈은 너무나도 태연하게 마운드로 걸어갔다.

그 모습을 바라보는 하리모토 쇼타의 눈빛은 쉽게 지지 않겠다는 투쟁심으로 가득 차 있었다.

하지만 그것도 잠시.

"스트라이크 아웃!"

"스트라이크 아웃!"

"스트라이크 아웃!"

한정훈이 마지막 세 타자마저 3구 삼진으로 돌려세우며 경기를 끝내자 하리모토 쇼타는 이내 고개를 떨어뜨리고 말았다.

현재 자신의 실력으로는 한정훈을 도저히 따라갈 수 없다고 생각한 것이다.

"쇼타, 오늘도 잘 던졌다."

보다 못한 래리 로스 코치가 다가와 하리모토 쇼타를 다독거렸다.

하리모토 쇼타는 오늘 충분히 좋은 경기력을 보여주었다.

하리모토 쇼타가 6이닝을 1실점으로 버텨준 덕분에 7회 대역전극의 발판을 마련할 수 있었다.

그러나 하리모토 쇼타는 래리 로스 코치의 위로가 조금도와 닿지 않았다.

"먼저 들어가 보겠습니다."

하리모토 쇼타는 짐을 챙겨 들고 더그아웃을 빠져나갔다.

그러는 사이 한정훈은 수많은 기자에게 에워싸인 채 인터뷰를 진행 중이었다.

"한정훈 선수, 오늘 승리투수가 됐는데 기분이 어때요?"

"팀이 이기는 데 도움이 되어서 기쁘게 생각합니다."

"9타자를 연속 3구 삼진으로 잡아냈습니다. 어떤 생각이었나요?"

"저스틴 로마인이 잘 리드해 준 덕분이라고 생각합니다."

한정훈은 평소처럼 인터뷰에 응했다.

개인의 승리보다 팀의 승리를 우선시했고 공을 받아준 포수에게 모든 공을 돌렸다.

하지만 기자들 중 누구도 한정훈의 말을 곧이곧대로 듣지 않았다.

한국 특유의 겸양 속에 숨어 있는 한정훈의 강한 자신감이 눈빛을 통해 드러났기 때문이다.

"이 정도면 적응에 대해 걱정할 필요는 없겠는데?"

"메이저리그 모든 구단에게 3억 달러 이상의 계약서를 만들게 한 유일한 선수라고. 그 정도는 당연하잖아. 안 그래?"

기자들은 9타자 연속 3구 삼진을 잡아낸 한정훈이 시범 경기에서 자신의 진가를 유감없이 발휘했다며 극찬했다.

방송사들도 앞다투어 한정훈의 소식을 전하며 데뷔 시즌이 예사롭지 않을 것이라는 전망들을 내놓았다.

물론 일부 언론들은 내셔널스의 주전 선수들이 대거 빠진 상황에서 나온 탈삼진 쇼일 뿐이라며 그 의미를 일축하기도 했다.

특히나 로스앤젤레스의 유력지인 LA 투데이는 양키즈와 내셔널스가 합작해 시범 경기에 늦장 출석한 한정훈을 위한 무대를 만들었다며 조롱을 쏟아내기도 했다.

그러나 일부 비난 여론과는 상관없이 한정훈에 대한 기대감만큼은 좀처럼 사그라질 줄 몰랐다.

ㄴ올 시즌 한정훈이 몇 승이나 할까?

ㄴ200이닝 이상을 던진다고 가정했을 때 20승 정도가 현실적인 기대치 아냐?

ㄴ아시아 투수한테 200이닝이라니. 농담하는 거지?

ㄴ농담은 네가 하는 거 같은데? 한정훈이 한국에서 몇 이닝을 소화했는지부터 알아보고 댓글 달아줄래?

ㄴ한정훈의 한국 성적이 과연 의미가 있을까?

ㄴ맞아. 한국은 한국이고 메이저리그는 메이저리그야.

ㄴ너희들, 한국이 어디에 있는 나라인 줄은 아는 거냐?

ㄴ한국과 메이저리그의 수준 차이는 인정할 수밖에 없겠지. 하지만 한국에서 좋은 성적을 거둔 선수들이 메이저리그

에서도 좋은 성적을 거두고 있다는 사실도 부정할 수는 없을 거야.

ㄴ한정훈의 기대치는 15승 정도야. 양키즈는 올 시즌이 끝나면 아시아 투수에게 3억 8천만 달러를 썼다는 사실을 분명 후회할 거야.

ㄴ작년과 별반 다를 바 없는 양키즈의 타선을 고려한다면 18승도 어렵다고 봐.

ㄴ재미있네. 지금 다들 한정훈이 최소 15승은 할 거라고 단정하고 있잖아?

ㄴ그저 분탕질 치고 싶은 거라면 댓글 달지 마라. 한정훈을 무작정 깎아내리겠다는 건 한정훈을 잡기 위해 달려든 메이저리그 전체를 무시하는 처사니까.

한정훈에 관한 이야기가 나올 때마다 야구팬들은 한정훈의 올 시즌 성적을 예견하느라 정신이 없었다.

많게는 25승부터 적게는 15승까지.

야구팬들은 다양한 이유를 들어가며 자신들의 주장을 내세웠다.

그러는 사이 한정훈은 시범 경기에서 두 차례 선발 등판을 했다.

그리고 각각 8이닝 1실점과 7이닝 무실점으로 경기를 마쳤다.

시범 경기 성적 3승 무패.

평균 자책점 0.50.

10이닝 이상 던진 선발투수 중 한정훈보다 좋은 성적을 기록한 투수는 단 한 명도 없었다.

"역시. 한정훈은 핀 스트라이프를 입어도 잘하는군요."

한정훈의 호성적에 양키즈의 브라이언 캐시 단장은 웃음을 참지 못했다.

포스팅 비용을 포함해 3억 8천만 달러를 쏟아부을 만큼 한정훈의 성공을 믿어왔지만, 한정훈이 예상보다 훨씬 빨리 제 실력을 발휘해 주니 단장으로서 고마울 지경이었다.

"적응력은 확실히 기대 이상입니다."

에릭 지터도 슬쩍 미소를 보였다.

한정훈의 시범 경기 일정이 기약 없이 연기될 때까지만 해도 적응이 쉽지 않을 것이라 걱정했지만, 한정훈은 그 걱정을 기우로 만들어버렸다.

그러자 올 초 새로운 보좌역으로 임명된 앤디 패티스가 당연한 결과라며 목소리를 높였다.

"3억 5천만 달러를 받는 선수라고. 설마 이 정도도 기대하지 않았던 거야?"

앤디 패티스는 주변에서 한정훈의 실력을 의심하고 걱정할 때마다 쓸데없는 짓이라고 잘라 말했다.

그러면서 머잖아 한정훈이 실력으로 자신의 가치를 증명할 것이라고 단언했다.

그런 앤디 패트스의 예상대로 한정훈은 시즌이 시작되기도 전에 압도적인 구위를 뽐내는 중이었다.

덕분에 언론들도 벌써부터 한정훈을 올 시즌 아메리카 리그 사이영상 1순위로 꼽고 있었다.

"한정훈은 올 시즌 사이영상을 꼭 타낼 거야. 신인왕도 당연하고. 문제는 MVP인데. 젠장. 에릭! 타자들 좀 어떻게 해보라고!"

앤디 패티스가 에릭 지터에게 소리쳤다.

마치 양키즈의 타선이 형편없어진 게 에릭 지터의 탓이라도 되는 것처럼 굴었다.

만약 다른 걸로 앤디 패티스가 트집을 잡았다면 에릭 지터도 가만있지 않았을 것이다.

하지만 양키즈의 저조한 타격에 관한 문제라면 천하의 에릭 지터라 하더라도 입을 다물 수밖에 없었다.

에릭 지터가 브라이언 캐시 단장의 보좌역이 된 건 랜디 레이빈 사장의 적극적인 추천 때문이었다.

당시 랜디 레이빈 사장은 양키즈의 영원한 캡틴, 에릭 지터의 영향력을 통해 양키즈의 리빌딩을 완성시키려 했다.

그리고 실제 몇몇 레전드가 은퇴를 하는 과정에서 에릭 지터가 지대한 역할을 담당하기도 했다.

구단 내 에릭 지터의 입지가 커지자 브라이언 캐시 단장은 당시 가장 큰 고민거리를 에릭 지터에게 떠넘겼다.

바로 타력 저하.

베테랑들의 은퇴 이후 좀처럼 살아나지 않는 타자들의 무딘 방망이를 에릭 지터가 다시 날카롭게 다듬어주길 바랐다.

에릭 지터도 적극적으로 양키즈의 타력 강화 프로젝트에 개입했다.

그 과정에서 몇 차례 파격적인 타순이 등장하기까지 했다.

하지만 애석하게도 양키즈 타선은 좀처럼 나아지질 않았다.

에릭 지터가 젊은 선수들의 멘토를 자처하며 일대일 상담까지 진행해 봤지만 소용없었다.

오히려 일부 선수들은 에릭 지터의 지나친 관심이 부담스럽다며 불만을 늘어놓았다.

그리고 그 불만들이 외부로 전해지며 양키즈 구단과 선수들 간의 불화설로까지 이어졌다.

이 같은 상황에서 에릭 지터가 다시 전면에 나서기란 쉽지 않아 보였다.

은퇴한 지도 벌써 7년이 지난 상황이라 선수들도 더 이상 에릭 지터를 우러러보지 않는 분위기였다.

“한정훈을 영입하는 데 얼마를 썼는지 잊었어? 그 돈을 타자들에게 돌렸다면 양키즈의 라인업이 달라졌을 거야.”

에릭 지터가 씁쓸한 심정을 에둘러 전했다.

물론 에릭 지터도 양키즈가 한정훈을 영입한 것에 대해서는 눈곱만큼의 불만도 없었다.

시범 경기에서 호투하는 한정훈을 보고 있자면 다른 구단에게 빼앗기지 않은 게 천만다행이다 싶을 정도였다.

하지만 한정훈의 영입에 3억 8천만 달러를 쏟아부으면서 기대했던 타력 보강이 어려워진 것도 사실이었다.

한정훈의 영입을 통해 양키즈가 최소한 지구 우승을 한다면 내년 시즌 타자들에게 돈을 쓸 수 있겠지만 만에 하나 포스트 시즌 진출에 실패한다면 내년 시즌에도 허리띠를 졸라맬 수밖에 없었다.

"앤디, 하리모토 쇼타는 좀 어때?"

에릭 지터가 슬쩍 화제를 돌렸다. 그러자 이번에는 앤디 패티스가 이맛살을 찌푸렸다.

한정훈이 초반부터 위력적인 공을 선보이고 다나카 마스히로가 여전히 건재한 모습을 보여주는 상황에서 이제 남은 건 하리모토 쇼타뿐이었다.

뉴욕 언론들도 하리모토 쇼타가 1억 달러 수준의 활약을 해준다면 양키즈의 지구 우승도 불가능하지 않다고 전망했다.

그러나 시범 경기가 끝나가는 상황에서도 하리모토 쇼타는 좀처럼 기대에 부응하지 못하고 있었다.

오히려 시범 경기 막판에 부진을 거듭하며 3점대 초반 대였던 평균 자책점이 4점대 중반까지 치솟은 상태였다.

당초 하리모토 쇼타를 2선발로 예정했던 조지 지라디 감독은 뉴욕 언론과의 인터뷰를 통해 애스트로스와의 개막 3연전을 한정훈-다나카 마스히로-하리모토 쇼타 순서로 준비하겠다는 뜻을 밝혔다.

그러면서 하리모토 쇼타를 배려해 유일한 좌투수인 하리모토 쇼타를 조금 더 효율적으로 활용하기 위해 3선발로 배치했음을 강조했다.

하지만 언론들은 물론이고 양키즈 팬들조차 조지 지라디 감독의 변명을 곧이곧대로 받아들이지 않았다.

이번 시즌 선발로 낙점된 5명의 투수 중에서 하리모토 쇼타의 성적이 가장 좋지 않았기 때문이다.

"하리모토 쇼타를 아예 5선발로 돌리는 게 어떨까."

하리모토 쇼타의 이야기가 나오기가 무섭게 표정이 어두워졌던 브라이언 캐시 단장이 답답함을 토로했다.

한동안 쓸데없는 돈을 썼다는 비난은 감수해야겠지만 하리모토 쇼타의 빠른 적응을 위해서라도 그의 부담을 줄여주는 편이 더 낫다는 생각이 들었다.

"나쁘지 않은 생각입니다."

에릭 지터도 공감하듯 고개를 끄덕거렸다.

시범 경기가 거듭될수록 자신감을 잃어가는 하리모토 쇼

타에게 굳이 3선발의 중임을 맡길 필요는 없어 보였다.

하지만 앤디 패티스는 쉽게 그 분위기에 동조하지 못했다.

투수 출신으로서 하리모토 쇼타의 속마음이 충분히 짐작이 갔기 때문이다.

'라이벌이라 불리는 한정훈은 메이저리그에서도 완벽에 가까운 피칭을 선보이고 있으니 더 애가 타겠지.'

최근 3경기 등판에서 15실점(12자책)을 한 하리모토 쇼타를 향해 뉴욕 언론은 벌써부터 먹튀 가능성을 언급했다.

세 경기 모두 7이닝을 소화하긴 했지만 지나치게 정타를 많이 허용한다며 불만을 드러냈다.

실제로 하리모토 쇼타는 요즘 들어 타자들과 고집스럽게 정면 승부를 벌이다 자주 정타를 얻어맞았다.

시범 경기 초반에는 변화구 위주의 맞춰 잡는 피칭을 선보이며 실점을 줄였지만, 후반에는 그런 모습조차 보이지 않았다.

야구 전문가들은 하리모토 쇼타가 딜레마에 빠졌다며 걱정했다.

아시아권 선수들 특유의 섬세한 피칭과 메이저리그에서 흔히 볼 수 있는 힘 있는 피칭 사이에서 제 위치를 잡지 못하고 있다는 것이었다.

그런 야구 전문가들의 지적에 앤디 패티스는 전적으로 공감했다.

하지만 야구 전문가들이 말한 것처럼 하리모토 쇼타가 다시 맞춰 잡는 피칭으로 되돌아가야 한다고는 생각하지 않았다.

투수는 맞으면서 성장한다는 야구계의 속설처럼 하리모토 쇼타도 얻어맞으며 메이저리그에 적응해 가고 있었다.

게다가 시범 경기에서 얻어맞는 편이 정규 시즌에서 얻어맞는 것보다 백번 나은 일이었다.

고작 시범 경기 성적을 가지고 하리모토 쇼타의 커리어와 실력 자체를 폄하하는 건 있을 수 없는 일이었다.

'남들은 비웃을지 모르겠지만 나는 한정훈과 동등해지려는 하리모토 쇼타를 끝까지 응원해 주고 싶다고.'

앤디 패티스는 턱 끝까지 치솟았던 속내를 애써 되삼켰다.

3억 5천만 달러와 1억 달러.

연평균 연봉으로 3배 차이가 나는 두 선수를 라이벌의 관계에 묶는 것 자체가 미친 짓일지도 몰랐다.

하지만 한정훈이라는 어마어마한 투수를 보고도 절망하지 않고 쫓아가 보려는 하리모토 쇼타의 의지만큼은 높이 평가해 주고 싶었다.

그리고 가능하다면 그 의지가 꺾이지 않고 계속해서 이어질 수 있도록 도와주고 싶었다.

누군가를 동경하고 그를 뛰어넘고 싶다는 욕심이야말로 투수를 성장시키는 가장 좋은 밑거름이기 때문이었다.

"하리모토 쇼타도 3선발로 밀리면서 충분히 자존심이 상했을 겁니다. 그러니까 더 이상은…… 하리모토 쇼타를 흔들지 않는 게 좋을 것 같습니다."

갑작스럽게 진지해진 앤디 패티스 덕분에 하리모토 쇼타의 5선발 행은 없던 일이 되어버렸다.

그렇게 양키즈의 선발 로테이션은 한정훈–다나카 마스히로–하리모토 쇼타–루이스 로베이노–네이스 이볼디 순으로 확정이 되었다.

그리고 양키즈는 시범 경기 일정을 모두 마치고 애스트로스와의 개막 3연전에 들어갔다.

한정훈 vs 댈런 카이클

사이영상을 노리는 두 투수의 맞대결로 2022년 메이저리그가 시작됐다.

71장
데뷔전(1)

한정훈과 댈런 카이클의 개막전 매치가 성사됐을 때 언론들은 앞다투어 사이영상급 투수 간의 맞대결이라며 호들갑을 떨어댔다.

2015년 아메리칸리그 사이영상 수상 이후 매해 꾸준한 활약을 펼치고 있는 댈런 카이클은 올 시즌에도 사이영상 후보 중 한 명으로 꼽히고 있었다.

비록 나이를 먹어감에 따라 그 가능성이 매해 줄어들고 있기는 하지만 평균 90mile/h(≒144.8km/h) 수준의 패스트볼과 빼어난 제구력을 유지하고 있는 댈런 카이클은 서른다섯의 나이에도 애스트로스의 첫 번째 선발 자리를 유지하고 있었다.

2016년 735만 달러 이후로 가파르게 상승하던 댈런 카이클의 몸값은 2019년 애스트로스와 6년 총액 2억 1천만 달러에 계약하면서 정점을 찍었다.

언론이 떠들어 대던 7년 이상의 장기 계약이나 3억 달러에 가까운 총액과는 다소 거리가 멀었지만 댈런 카이클은 충분히 만족스러운 표정이었다.

그 당시만 해도 연평균 3,500만 달러의 연봉은 결코 흔한 게 아니었기 때문이다.

한창때 메이저리그로 건너온 오타니 쇼헤나 매 시즌 올스타급 활약을 펼치는 괴물 같은 선수들의 계약에 비할 바는 못 되지만 댈런 카이클은 자신의 FA 계약 역시 메이저리그 역사에 제법 굵직하게 기록될 것이라고 기대했다.

하지만 고작 2년 만에 한정훈이라는 초대형 신인 투수가 등장하면서 댈런 카이클의 희망 사항을 완전히 짓뭉개 버렸다.

5년 총액 3억 5,000만 달러. 연평균 7,000만 달러.

댈런 카이클은 한국이라는 코딱지만 한 나라에서 건너온 신인 투수가 자신보다 두 배나 많은 연봉을 받아야 한다는 사실이 도저히 이해가 가질 않았다.

"양키즈가 미친 짓을 했다는 걸 똑똑히 보여주겠습니다."

경기 전 뉴욕 언론과의 인터뷰에서 댈런 카이클은 한정훈에 대한 평가 자체를 거부했다.

그저 양키즈가 실수했다는 표현 한마디로 부글거리는 속

내를 대신했다.

"한정훈 선수, 댈런 카이클 선수와의 맞대결, 어떻습니까?"

"시즌 시작부터 1선발인데 부담되지 않습니까?"

휴스턴 언론도 어떻게든 한정훈의 신경을 긁어보려 노력했다.

자연스럽게 양키즈 스타디움은 경기 시작부터 긴장감이 감돌았다.

"후……."

마운드에 올라선 한정훈이 길게 로진 가루를 불었다.

그리고 손에 쥔 공을 힘껏 내던졌다.

퍼엉!

묵직한 포구음이 만원 관중의 양키즈 스타디움을 울렸다.

자연스럽게 구장을 찾은 양키즈 팬들의 얼굴에도 기대와 흥분이 가득 차올랐다.

-양키즈의 슈퍼 루키, 한정훈의 시즌 첫 경기입니다. 1선발로 낙점된 이후 홈 개막전의 주인공이 됐는데요. 전혀 긴장하는 얼굴은 아니네요.

-한정훈 선수는…… 한국의 신생팀에서 4년간 에이스로 활약했습니다. 첫해를 제외하고…… 아, 세 시즌 연속으로 개막전에 선발 등판했기 때문에 개막전에 대한 부담감은 적을 것이라고 생각합니다.

올 시즌부터 해설가로 깜짝 변신한 호르에 포사다가 한정훈에 대한 정보를 뒤적거리며 말했다.

그러자 캐스터 마크 앨런이 짓궂은 웃음소리를 냈다.

—경기 도중에 요란한 종이 소리가 나더라도 이해해 주세요. 오늘은 호르에 포사다의 해설 데뷔전이니까요.

—마, 마크. 그런 말은 굳이 설명하지 않아도 괜찮아요.

—푸읍! 호르에! 지금 말 더듬은 거예요? 숨 크게 들이켜고 진정 좀 해요. 해설자가 선수보다 더 긴장하고 있으면 어떻게 해요?

—크흠, 마크. 경기 끝나고 봐요.

—이런, 호르에 포사다의 얼굴이 빨개졌습니다. 어쩌면 오늘 경기를 끝으로 제가 사랑하는 양키즈의 중계를 하지 못하게 될지도 모르겠어요.

—마크! 제발!

—하하. 농담입니다, 농담. 그래도 소심한 호르에 포사다가 저에게 복수할지도 모르니 오늘 경기, 양키즈가 시원하게 이겼으면 좋겠습니다.

입담 좋은 양키즈 전담 캐스터 마크 앨런이 호르에 포사다의 긴장을 풀어주는 사이 애스트로스의 1번 타자 호세 엘투베가 타석에 들어섰다.

그러자 마크 앨런이 기다렸다는 듯이 경기 중계를 시작했다.

—얄미운 선수가 나왔네요. 호세 엘투베입니다.

—호세 엘투베 선수, 지난 시즌에…… 양키즈에게 상당히 강했네요.

—양키즈의 모든 팬이 다 알고 있는 사실이죠.

—크흠, 어쨌든 지난 시즌 양키즈를 상대로 4할에 가까운 타율을 보였습니다.

—도루도 5개나 훔쳐냈습니다. 6경기를 치렀으니 거의 한 경기에 하나꼴이에요.

—이 선수는 아예 출루시키지 않는 게 마음이 편할 것 같습니다.

—네, 양키즈의 모든 팬이 다 아는 사실을 일러줘서 정말 고맙습니다.

양키즈 해설진의 화기애애한 분위기와는 달리 마스크를 쓴 제리 산체스의 얼굴은 굳어져 있었다.

개인적으로 가장 상대하고 싶지 않은 타자 중 한 명이 경기 시작부터 타석에 들어왔기 때문이다.

통산 타율이 3할에 달할 만큼 빼어난 타격 능력에 한 시즌 20개 이상의 홈런이 가능한 펀치력, 거기에 루상에 나가기만 하면 내달리는 질주 본능까지.

호세 엘투베는 모든 구단이 원하는 선수였다.

오죽했으면 호세 엘투베의 유일한 단점이 키라는 우스갯소리가 나돌 정도였다.

168㎝의 체구는 확실히 메이저리그에서는 낯설었다.

체격만 놓고 봤을 때 180㎝가 넘는 거구들이 즐비한 메이저리그라는 정글에서 호세 엘투베가 대성할 가능성은 그리 높아 보이지 않았다.

하지만 호세 엘투베는 작은 키를 자신의 장점으로 승화시키며 야구는 키로 하는 게 아니라는 걸 입증해 냈다.

그리고 그 과정에서 수많은 포수가 호세 엘투베의 스트라이크존에 애를 먹어야 했다.

제리 산체스도 호세 엘투베가 양성한 수많은 피해자 중 한 명이었다.

'젠장, 어디에 던지라는 거야.'

제리 산체스가 미간을 찌푸렸다.

가뜩이나 키가 작은 호세 엘투베가 몸을 웅크리자 가뜩이나 좁은 스트라이크존이 확 줄어든 것 같은 느낌이 들었다.

게다가 오늘 구심은 스트라이크존이 좁기로 소문이 나 있었다.

이 둘 사이에 끼어 있다 보니 제리 산체스는 납작한 샌드위치가 된 기분마저 들었다.

"후우……."

제리 산체스는 길게 숨을 내쉬었다. 그러면서 더그아웃을 슬쩍 바라봤다.

더그아웃에서는 별다른 사인이 나오지 않았다.

호세 엘투베가 까다로운 타자이긴 하지만 한정훈이 보여준 구위라면 충분히 잡아낼 수 있다고 판단한 것이다.

하지만 시범 경기에서 한정훈의 공을 받아본 게 손에 꼽힐 만큼 적었던 제리 산체스는 아직까지도 한정훈에 대한 확신이 부족한 상태였다.

그렇다고 무턱대고 자신의 스타일대로 리드하기에 한정훈의 몸값은 부담스러울 정도로 많았다.

'또 유인구를 요구했다간 기분 나쁘게 고개를 흔들어 댈게 뻔하니까 일단 느끼게 해줘야지.'

한참을 고심하던 제리 산체스가 호세 엘투베의 무릎 쪽으로 미트를 밀어붙였다.

호세 엘투베가 그나마 약한 몸 쪽 낮은 스트라이크존을 이용해 볼 카운트를 유리하게 끌고 가자는 계산이었다.

사인을 내면서도 제리 산체스는 한정훈이 자신의 의도대로 공을 던지지는 못할 것이라고 여겼다.

이 코스는 몸 쪽 낮은 공에 환장하는 일부 타자를 제외하고 메이저리그 대부분의 타자가 거들떠보지도 않는 코스였다.

그렇다 보니 제구력이 좋은 투수들조차 쉽게 이 코스에 공을 집어넣지 못했다.

'자신 없으면 고개를 흔들라고. 그래야 내 방식대로 리드할 수 있을 테니까.'

제리 산체스가 의미심장한 눈으로 한정훈을 바라봤다.

설사 한정훈이 짜증스럽게 도리질을 치더라도 이번 한 번은 너그럽게 넘어가 줄 생각이었다.

그러나 정작 한정훈은 고개를 한 번 끄덕이고는 투수판을 밟아버렸다.

그리고 작심하듯 낮디낮은 호세 엘투베 전용 스트라이크존을 향해 공을 내던졌다.

후아앗!

한정훈의 손끝에서 공이 빠져나오자 호세 엘투베가 동물적으로 반응했다.

둔탁한 제리 산체스의 움직임을 통해 몸 쪽 공이 날아들거라는 건 이미 예상하고 있었다.

그리고 자신의 무릎 높이의 공이 아니라면 몸 쪽 공은 언제든 담장 밖으로 넘겨 버릴 자신이 있었다.

후웅!

간결한 테이크 백에 이어 호쾌하게 허리를 빠져나온 방망이가 공을 향해 달려들었다.

이때까지만 해도 호세 엘투베는 한정훈의 공이 벨트 높이를 통과하리라 예상했다.

하지만 내리꽂듯 날아든 공은 호세 엘투베의 방망이보다 한 발 먼저 홈 플레이트를 꿰뚫고 사라져 버렸다.

호세 엘투베가 어떻게든 공을 건드려 보려 노력했지만, 방망이는 시원하게 허공만 가르고 말았다.

'뭐, 뭐야?'

엉겁결에 공을 잡은 제리 산체스가 놀란 얼굴로 한정훈을 바라봤다.

설마하니 한정훈이 정말로 자신이 원하는 코스대로 공을 던져 넣을 줄은 생각지도 못한 표정이었다.

놀란 건 양키즈 해설진도 마찬가지였다.

–와우! 호르에! 봤어요? 세상에서 가장 낮은 스트라이크가 나왔습니다.

–저 코스를 요구한 제리 산체스도 대담했지만 요구한 대로 완벽한 공을 던진 한정훈은 무서울 정도입니다.

–구속도 빨랐어요. 전광판에 무려 102마일이 찍혔습니다.

–한정훈의 최고 구속이 104마일이니까 이건…… 어깨에 힘을 빼고 던졌다고 봐야 할까요?

–구속보다는 제구에 신경을 더 썼다, 뭐 이런 이야긴가요?

–이야기하고 보니 한정훈이 더 무서워졌습니다.

–네, 고작 초구를 구경했을 뿐인데 소름이 돋을 지경입

니다.

애스트로스 해설진도 호세 엘투베를 상대로 저렇게 낮고 빠른 스트라이크를 찔러 넣은 투수는 한정훈이 처음인 것 같다며 손가락을 추켜세웠다.

그러나 정작 한정훈 경기를 생중계하는 한국의 중계진은 당연하다며 고개를 끄덕거렸다.

–한정훈 선수, 초구부터 발목 패스트볼을 던졌네요.

–국내 키 작은 선수들이 몸서리를 친다는 그 공이죠?

–네, 포수 미트 신경 쓰지 않고 아예 타자의 발목을 노리고 던진다는 무시무시한 공입니다.

–그 인터뷰가 나간 이후로 한정훈 선수가 등판하면 키 작은 타자들이 홈 플레이트에 절대 붙어 서지 않았는데 호세 엘투베 선수는 어떻게 대응할지 한번 보겠습니다.

국내 해설진들의 기대 속에 호세 엘투베가 다시 방망이를 추켜들었다.

초구 낮은 포심 패스트볼을 의식한 것일까.

호세 엘투베가 일부러 홈 플레이트에 바짝 붙어 섰다.

–호세 엘투베, 영리하게도 한정훈을 위협합니다.

-타자가 저렇게 홈 플레이트에 붙어버리면 포수가 몸 쪽 사인을 내기가 쉽지 않습니다.

-투수보다 포수가 먼저 부담을 갖는다는 이야기로군요.

-네, 게다가 이미 초구에 몸 쪽 공을 보여줬으니 호세 엘투베를 상대로 2구째 또다시 몸 쪽 공이 들어올 가능성은 높지 않거든요.

-결국 몸 쪽 코스를 줄이면서 배터리에게 부담도 안기고 자신이 노리는 바깥쪽 코스를 효과적으로 공략하겠다는 속셈이네요.

-여기서 제리 산체스가 어떤 판단을 내릴지가 중요합니다.

호르에 포사다는 중계 카메라를 통해 제리 산체스의 사인을 유심히 살폈다.

그러다 제리 산체스가 바깥쪽 포심 패스트볼 사인을 내는 걸 보고 이맛살을 찌푸렸다.

'한정훈의 공을 보고도 일반적인 볼 배합이라니. 제리 녀석, 대체 무슨 생각인 거야?'

호르에 포사다는 입 밖으로 터져 나오려는 불만을 억지로 되삼켰다.

양키즈의 레전드 포수라 하더라도 현역 주전 포수의 볼 배합을 두고 왈가왈부하는 건 실례였다.

'정훈, 제리의 리드를 따라갈 필요 없어.'

호르에 포사다의 시선이 한정훈에게 향했다. 그리고는 이내 빙긋 웃어 보였다.

자신의 바람처럼 한정훈이 투수판에서 아예 발을 빼버렸기 때문이다.

마크 앨런도 메이저리그 루키답지 않은 한정훈의 침착함에 한가득 미소를 그렸다.

그러면서 한정훈-제리 산체스 배터리가 새로운 사인을 주고받을 수 있도록 시간을 끌었다.

-한정훈, 다시 손에 로진 가루를 묻히는데요.

-메이저리그의 공인구는 확실히 미끄러운 편이니까요.

-호르에, 해설이 처음이라지만 정말 그렇게 생각하는 건 아니죠?

-크흠, 진짜 이유는 사인이 마음에 들지 않아서겠죠.

-어째서일까요? 초구에 몸 쪽 공을 던져 환상적인 스트라이크를 잡아냈으니 바깥쪽 코스를 공략하는 것도 나쁠 것 같지 않은데요.

-호세 엘투베는 바깥쪽 코스에 강하죠. 게다가 지금은 한정훈이 바깥쪽 공을 던져 주길 기다리는 상황입니다.

-그렇군요. 만약 호르에, 당신이 포수 마스크를 쓰고 있다면 한정훈에게 어떤 공을 요구하겠어요?

마크 앨런이 호르에 포사다를 바라봤다.
메이저리그를 통틀어 까다롭기로는 첫 손에 꼽히는 호세 엘투베를 상대로 호르에 포사다의 볼 배합이 어떨지가 궁금해진 것이다.

—저라면…… 과감하게 몸 쪽에 다시 붙여넣었을 겁니다.

잠시 당황한 표정을 짓던 호르에 포사다가 이내 의욕적인 표정을 지었다.
우투수가 던지는 몸 쪽 공을 좀처럼 놓쳐 본 적이 없는 호세 엘투베를 상대로 또다시 몸 쪽 승부를 벌인다는 게 조금 위험하긴 했지만, 한정훈이 마운드에 서 있는데 뻔한 볼 배합을 요구하고 싶지 않았다.

—조금 전 같이 낮게 제구된 환상적인 공이 들어온다면 호세 엘투베도 꼼짝 못 할 것 같은데요.

마크 앨런도 초구의 예를 들며 호르에 포사다의 의견에 동의했다.
바깥쪽을 노리는 타자에게 바깥쪽 공을 던지는 것보다는 역으로 몸 쪽 공을 찔러 넣는 편이 그다음 승부를 보다 유리하게 끌고 갈 수 있을 것 같았다.

하지만 양키즈 중계진의 바람에도 불구하고 제리 산체스는 재차 바깥쪽 공을 요구했다.

아예 바깥쪽에 빠져 앉은 채로 구종만 바꿔 한정훈의 결정을 종용했다.

제리 산체스는 제아무리 한정훈이라 하더라도 홈 플레이트에 바짝 붙어 선 호세 엘투베의 몸 쪽 깊숙이 공을 집어넣을 가능성을 낮게 봤다.

그보다는 사구에 대한 부담감에 공이 한복판으로 몰려 들어올 상황을 염려했다.

그러나 한정훈은 이번에도 고개를 흔들어 댔다.

그리고는 신경질적으로 스파이크를 툭툭 털어댔다.

"덩치는 산 만해서 왜 저렇게 소심한 거야?"

로진백을 두드리며 한정훈이 신경질적으로 중얼거렸다.

호세 엘투베가 애스트로스, 아니, 리그를 대표할 만한 리드오프라는 건 알고 있지만 그렇다고 첫 대결부터 도망치고 싶지는 않았다.

"양키즈의 주전 포수라면 좀 제대로 리드해 보라고."

한정훈이 날카로운 눈으로 제리 산체스를 노려봤다.

하지만 제리 산체스도 쉽게 고집을 꺾지 않았다.

"이봐, 코리안 루키. 그만 좀 까불어. 지금은 정규 시즌이라고. 시범 경기가 아냐."

마스크 속에 가려진 제리 산체스의 입가로 비릿한 웃음이

번졌다.

만약 시범 경기 중이었다면 한정훈의 눈치를 볼 수밖에 없겠지만 25인 로스터가 확정된 이상은 이야기가 달랐다.

개막전에 앞서 양키즈의 25인 로스터에 포함된 선수 중 포수는 단 두 명뿐이었다.

한 명은 제리 산체스, 다른 한 명은 루키 아담 앤더슨이었다.

양키즈의 시범 경기 일정 동안 가장 치열한 경쟁이 벌어졌던 곳은 다름 아닌 홈 플레이트 뒤편이었다.

작년 시즌 주전 포수로 활약한 제리 산체스가 저만치 앞서간 가운데 남은 한 자리를 두고 저스틴 로마인과 아담 앤더슨, 그리고 두 명의 루키가 피 튀기는 경쟁을 치러야 했다.

단순히 경기력만 놓고 보자면 저스틴 로마인이 경쟁자들이 비해 앞섰다.

방망이는 형편없었지만, 백업 포수로서 경험도 많고 수비력이 좋았다.

무엇보다 한정훈과 호흡이 잘 맞았다.

한정훈이 선발 등판하면 대부분의 이닝에 마스크를 쓸 정도였다.

제리 산체스도 한때 자신과 주전 포수 자리를 놓고 경쟁했던 저스틴 로마인이 25인 로스터에 합류할까 봐 내심 걱정했다.

구단 내부에서도 저스틴 로마인을 한정훈의 전담 포수로 두자는 의견이 적잖았다.

하지만 시범 경기 막판 아담 앤더슨이 맹활약을 펼치면서 분위기가 바뀌었다.

97년생의 어린 나이에 잠재력을 폭발시키고 있는 아담 앤더슨에게 기회를 줘야 한다는 구단 내부의 목소리가 높아진 것이다.

그 결과 제리 산체스의 백업 포수로 아담 앤더슨이 결정됐다.

지명타자로 자리를 옮기긴 했지만, 주전 포수 출신인 브라이언 마칸이 비상시에 포수 마스크를 쓸 수도 있는 만큼 구단도 세대교체를 대비하는 쪽으로 방향을 잡은 것이다.

덕분에 지금은 한정훈이 제리 산체스를 거부하더라도 바꿔줄 만한 포수가 없다시피 했다.

경험이 부족한 아담 앤더슨은 한정훈의 공을 받기에 급급한 처지였다.

그렇다고 개막전부터 브라이언 마칸에게 포수 마스크를 씌울 수도 없는 노릇이었다.

"한정훈, 그만 까불고 내 리드대로 따라오라고."

자리에서 일어나 야수들에게 가볍게 수신호를 전한 뒤 제리 산체스가 다시금 바깥쪽 사인을 냈다.

그러자 한정훈이 속으로 헛웃음을 흘렸다.

'이번에는 커터냐?'

처음 제리 산체스가 낸 사인은 포심 패스트볼이었다.

그다음은 변형 체인지업.

그리고 이번에는 커터 사인이 나왔다.

이대로라면 다음번에는 투심 패스트볼이 나올 것 같았다.

아예 '모 아니면 도' 식으로 너클 커브를 요구할지도 몰랐다.

"그렇게까지 바깥쪽이 소원이라면 들어줘야지."

한정훈은 마지못해 고개를 끄덕거렸다.

이 상황에서 제리 산체스와 실랑이를 벌이느니 일단 하나 정도는 원하는 대로 던져 주는 편이 나을 것 같았다.

"진즉 그럴 것이지."

한정훈과의 기 싸움에서 이겼다고 생각한 제리 산체스가 씩 웃었다.

그리고는 보란 듯이 미트를 바깥쪽 코스로 빼냈다.

"후우……."

천천히 호흡을 고른 뒤 한정훈이 있는 힘껏 공을 내던졌다.

후아앗!

한정훈의 손끝을 빠져나온 공이 일직선으로 홈 플레이트 바깥쪽을 파고들었다.

그 순간.

'걸렸다!'

호세 엘투베가 기다렸다는 듯이 허리를 휘돌렸다.

따악!

요란한 타격음과 함께 공과 방망이가 한 점에서 만났다.

그러나 타구는 필드 안이 아니라 백네트 뒤로 넘어가 버렸다.

72장
데뷔전(2)

"젠장할!"

호세 엘투베는 아쉬움을 감추지 못했다.

한정훈이 연거푸 고개를 흔드는 모습을 보고 커터가 들어올 거라 예상하고 있었는데 생각보다 공이 더 날카롭게 꺾어나간 모양이었다.

그 모습을 지켜보며 제리 산체스는 가슴을 쓸어내렸다.

설마하니 호세 엘투베가 정확하게 커터를 노리고 들어올 것이라고는 생각하지 못한 반응이었다.

하지만 제리 산체스는 커터가 걸린 게 자신의 잘못이라고 생각하진 않았다.

애당초 첫 사인은 포심 패스트볼이었다. 2구에 커터가 아니라 포심 패스트볼이 들어왔다면 호세 엘투베의 방망이에 걸릴 일도 없었을 터였다.

'일단은 하나 정도 빼고 가자.'

애써 마음을 다잡은 뒤 제리 산체스가 다시금 바깥쪽 사인을 냈다.

구종은 투심 패스트볼.

호세 엘투베가 쉽게 방망이를 내밀지 못하도록 백도어성 공을 요구한 것이다.

"들어가면 좋고 안 들어가도 상관없는 공을 던져 달라 이 말인데……."

한정훈이 묵묵히 고개를 끄덕거렸다.

투 스트라이크라는 여유로운 상황인 만큼 호세 엘투베를 낚아보자는 제리 산체스의 계획도 나쁠 것 같진 않았다.

후아앗!

한정훈이 먼지 바람을 일으키며 공을 내던졌다.

순간.

'빠진다!'

방망이를 내돌리려던 호세 엘투베가 허리를 멈춰 세웠다.

한정훈의 손끝에서 빠지는 공의 궤적이 홈 플레이트를 벗어났다고 판단한 것이다.

하지만 그것도 잠시. 바깥쪽으로 휘어 나갈 것처럼 굴던 공이 마지막 순간에 홈 플레이트 안쪽으로 말려 들어오자 호세 알투베의 눈이 커졌다.

'투심!'

퍼억!

둔탁한 포구음과 동시에 호세 엘투베가 고개를 돌려 구심을 바라봤다.

코스만 놓고 봤을 때 구심이 스트라이크를 줘도 할 말이 없어 보였다.

그러나 잠시 뜸을 들이던 구심은 볼을 선언했다.

공의 궤적이 아슬아슬한 상황에서 제리 산체스의 미트 위치가 바깥쪽으로 빠져 있었기 때문이다.

순간 3구 삼진을 기대했던 양키즈 팬들의 입에서 장탄식이 터져 나왔다.

양키즈 더그아웃도 마찬가지.

호세 엘투베를 상대로 첫 스타트를 깔끔하게 끊일 기회를 놓쳤다며 아쉬워했다.

—3구째 들어온 투심 패스트볼이 아슬아슬하게 볼 판정을 받았습니다. 오늘 구심, 바깥쪽 스트라이크를 좀처럼 잡아주지 않을 것 같은데요.

—제리 산체스의 프레이밍도 아쉽네요. 코스는 분명 스트라이크였습니다만 공을 너무 일찍 포구했습니다. 조금 더 끌어당기듯 공을 잡아줬다면 구심의 스트라이크 판정을 끌어

낼 수 있었을 거라 생각합니다.

양키즈 중계석도 안타까움이 가득했다.

포스팅 비용 포함 3억 8천만 달러라는 거액을 주고 데려온 에이스 한정훈의 공식 경기 첫 번째 타석이다.

양키즈의 판단이 옳았다는 걸 증명하기 위해서라도 3구 삼진 같은 멋진 퍼포먼스가 필요해 보였다.

그런데 그 좋은 기회를 제리 산체스의 어수룩한 프레이밍이 망쳐 버렸으니 호르에 포사다도 좀처럼 흥분을 감추지 못했다.

하지만 정작 제리 산체스는 구심의 스트라이크존이 좁을 뿐이라고 여겼다.

설마하니 한정훈이 던진 투심 패스트볼의 무브먼트에 현혹되어 일찍 공을 잡은 것 때문에 구심의 판정이 뒤집혔을 거라고는 생각하지 않았다.

'아직 볼카운트에 여유가 있으니까. 서두르지 말자.'

제리 산체스는 4구째도 바깥쪽을 요구했다.

구종은 커터.

승부구인 5구를 던지기 전에 호세 엘투베의 방망이를 끌어낼 만한 공을 주문한 것이다.

사인을 확인한 한정훈은 살짝 눈가를 찌푸렸다.

제리 산체스의 의도는 충분히 파악했다.

문제는 조금 전 구심의 판정으로 인해 바깥쪽 스트라이크존의 경계가 모호해졌다는 것이다.

2구째 호세 엘투베의 대처 능력을 봤을 때 스트라이크존을 파고들었다간 방망이에 걸릴 가능성이 높았다.

그렇다고 완전히 빠지는 공을 던지는 건 의미가 없었다.

'조금 더 각을 크게 만들면 가능하긴 할 텐데 저 녀석이 제대로 받을 수 있을까?'

잠시 고심하던 한정훈이 이내 그립을 고쳐 잡았다.

그리고 제리 산체스가 만든 타깃 지점을 향해 빠르게 공을 던졌다.

후아앗!

한정훈의 손끝을 빠져나간 공이 또다시 홈 플레이트 바깥쪽을 파고들었다.

그러자 호세 엘투베가 반사적으로 허리를 움직였다.

3구째 바깥쪽 공에 여유를 부리다 하마터면 삼진을 당할 뻔한 상황이었다.

한정훈의 공격적인 성향을 파악한 이상 눈에 들어오는 공은 전부 공략할 수밖에 없었다.

'커터!'

호세 엘투베는 감각적으로 구종을 파악해 냈다.

눈동자 속으로 빨려드는 공의 움직임이 2구째 날아들었던 커터와 미묘하게 겹쳤기 때문이다.

'일단 걸어낸다.'

노리던 공이 아닌 만큼 호세 엘투베는 때리는 것보다는 맞히는 데 집중했다.

공이 빠르긴 했지만, 자신의 배트 컨트롤 능력이라면 충분히 파울 타구를 만들어낼 수 있다고 자신했다.

하지만 호세 엘투베의 방망이가 허리를 빠져나오려는 순간, 공의 궤적이 2구째 들어왔던 커터보다 먼저 꺾여 나가기 시작했다.

'뭐, 뭐야!'

호세 엘투베가 다급히 왼손을 놓았다.

그리고 방망이를 쭉 내밀어 어떻게든 도망치는 공을 맞히려 했다.

하지만 공은 방망이를 아슬아슬하게 피해 호세 엘투베의 시야 너머로 사라져 버렸다.

헛스윙 삼진.

'젠장할!'

한정훈과의 첫 대결에서 참패한 호세 엘투베의 얼굴이 와락 일그러졌다.

그런데 생각지도 못했던 반전이 일어났다.

파악!

"윽!"

둔탁한 소리에 이은 비명 소리가 호세 엘투베의 귓가에 울린 것이다.

호세 엘투베가 반사적으로 고개를 돌렸다.

크게 떠진 그의 두 눈으로 공을 찾지 못해 허둥대는 제리 산체스의 모습이 들어왔다.

'빠졌다!'

호세 엘투베는 곧장 1루를 향해 내달렸다.

그사이 홈 플레이트 근처까지 다가온 한정훈이 공이 굴러간 방향을 가리키며 소리쳤다.

"제리! 제리!"

아직 영어에 익숙하지 않은 한정훈은 제리 산체스의 이름을 연호했다.

호세 엘투베가 한 시즌 30개 이상의 도루가 가능한 준족이라 하더라도 제리 산체스가 자신의 수신호만 제때 확인해 준다면 얼마든지 잡아낼 수 있다고 여겼다.

그러나 제리 산체스는 한정훈의 목소리를 애써 무시해 버렸다.

한정훈의 말투가 꼭 질책처럼 느껴졌기 때문이다.

'빌어먹을! 그만 좀 불러! 정신 사납다고!'

제리 산체스가 터져 나오려는 분노를 되삼키며 정신없이 눈을 움직였다.

그러다 멀지 않은 곳에 멈춰 선 공을 발견하고는 재빨리 다가가 움켜잡았다.

순간 공이 손바닥 안으로 착 하고 감겨들었다.

'잡을 수 있어!'

제리 산체스는 몸을 돌리기가 무섭게 1루를 향해 공을 내던졌다.

1루수 체이스 해틀리가 던지지 말라는 사인을 보냈지만 그걸 확인했을 때는 이미 제리 산체스의 손에서 공이 빠져나간 뒤였다.

"젠장할!"

1루를 향해 헤드 퍼스트 슬라이딩을 감행하는 호세 엘투베를 피해 베이스를 비워뒀던 체이스 해틀리가 다급히 글러브를 내밀었다.

하지만 쏜살같이 날아든 공은 체이스 해틀리의 글러브 끝을 스쳐지나 그대로 외야 쪽으로 굴러가 버렸다.

"호세! 공이 빠졌어! 뛰어!"

애스트로스의 1루 코치가 막 몸을 일으키려던 호세 엘투베에게 소리쳤다.

호세 엘투베도 벨트가 끊어진 것도 모른 채 전력을 다해 2루까지 내달렸다.

2루수 비비 그레고리우스가 재빨리 백업에 들어가 공을 잡아 들었지만 호세 엘투베의 진루를 막아내지는 못했다.

"젠장할!"

"이 멍청이들! 대체 뭘 하는 거야!"

호세 엘투베를 삼진으로 돌려세우며 기분 좋게 시작해야 할 경기가 연이은 실책으로 무사 2루로 변하자 양키즈 스타디움 곳곳에서 불만 어린 목소리가 터져 나왔다.

양키즈 더그아웃의 분위기도 별반 다르지 않았다.

"하아, 정말 미치겠군."

"그 상황에서 왜 1루에 공을 던진 거야? 어깨가 강한 걸 자랑이라도 하고 싶었던 거야?"

코치들은 하나같이 고개를 흔들어 댔다.

한정훈과 호흡을 맞춘 경험이 별로 없다 보니 공을 놓칠 수는 있겠지만 제리 산체스가 보여주었던 그 이후의 대처들은 양키즈의 주전 포수라고 말하기에 부끄러운 수준이었다.

하지만 정작 제리 산체스는 남 탓을 하느라 바빴다.

"정훈! 도대체 무슨 공을 던진 거야? 사인을 낸 공을 던졌어야지!"

제리 산체스가 마운드로 돌아가는 한정훈을 쫓아가며 으르렁거렸다.

다른 야수들을 바라보며 한정훈이 사인과 맞지 않은 공을 던지는 바람에 공을 놓쳤다는 투로 억울함을 호소했다.

제리 산체스의 이야기를 알아듣지 못한 한정훈은 침묵으로 일관했다.

마음 같아서는 멱살이라도 잡아 비틀어버리고 싶었지만 수많은 홈 관중이 보는 앞에서 메이저리그 데뷔전부터 소란을 피울 수는 없는 노릇이었다.

그때였다.

"타임!"

보다 못한 조지 지라디 감독이 통역과 함께 마운드로 올라왔다.

"감독님! 이건 내 잘못이 아니라고요!"

조지 지라디 감독이 다가오자 제리 산체스가 기다렸다는 듯이 하소연을 늘어놓았다.

호세 엘투베가 공을 걷어낼 거라 생각하고 안이하게 대처했다가 패스트볼이 나왔지만 그렇다고 그 사실을 곧이곧대로 인정하고 싶지는 않았다.

하지만 조지 지라디 감독은 제리 산체스 쪽은 쳐다보지도 않았다.

대신 한정훈의 어깨를 두드리며 한 점 정도 내줘도 상관없으니까 편하게 던지라고 위로했다.

"저는 괜찮습니다."

한정훈도 애써 흥분을 가라앉혔다.

제리 산체스뿐만 아니라 마운드 주변에 모여든 모든 야수의 얼굴이 벌겋게 달아오른 상태였다.

여기서 에이스 역할을 해줘야 하는 자신까지 흔들렸다간 오늘 경기의 승리를 장담하기 어려웠다.

"어쨌든 제가 내보낸 주자니까 제가 책임지겠습니다."

한정훈이 조지 지라디 감독을 바라보며 말했다.

그 의지가 통역을 통해 모두에게 전달됐다.

“좋아. 너만 믿는다.”

조지 지라디 감독이 씩 웃으며 한정훈의 어깨를 두드렸다.

뒤이어 다른 야수들도 한정훈의 엉덩이를 두드리고는 제 자리로 돌아갔다.

‘젠장할.’

반면 마지막까지 마운드에 서 있던 제리 산체스에게는 그 누구도 위로나 독려를 해주지 않았다.

잘잘못을 떠나 자신에 대한 변명부터 늘어놓는 제리 산체스가 이기적으로 보인 것이다.

특히나 조지 지라디 감독의 반응은 냉정했다.

제리 산체스에게 실망을 넘어 분노하고 있다는 사실을 온몸으로 보여주었다.

그렇다 보니 제리 산체스는 마음이 급해졌다.

어떻게든 이 상황을 만회하지 못했다간 어렵게 차지했던 주전 마스크가 위태로워질 수도 있었다.

‘점수를 내줘서는 안 돼.’

2번 타자 제이크 메리스가 타석에 들어왔지만 제리 산체스의 시선은 호세 엘투베를 향해 있었다.

자신이 크게 눈을 치뜨고 보고 있는데도 호세 엘투베는 성큼성큼 리드를 넓혀가고 있었다.

이 상황에서 짧은 안타라도 나왔다간 발 빠른 호세 엘투베가 홈까지 파고들 가능성이 높았다.

'바깥쪽으로 간다.'

제리 산체스는 여차하면 송구를 할 수 있도록 바깥쪽으로 완전히 빠져 앉았다.

공격적인 제이크 메리스가 바깥쪽을 노리며 방망이를 힘껏 움켜쥐고 있었지만 제리 산체스는 신경조차 쓰지 않았다.

"하아……."

제리 산체스의 사인을 받은 한정훈은 그저 한숨만 나왔다.

호세 엘투베의 움직임은 자신이 충분히 묶어낼 수 있는데도 불구하고 필요 이상으로 경계하는 제리 산체스가 이해가 가질 않았다.

그렇다고 이런 분위기에서 사인을 거부하며 감정을 악화시키기도 어려웠다.

'제발 덩칫값 좀 해라.'

눈으로 호세 엘투베의 다리를 묶은 뒤 한정훈이 힘껏 공을 내던졌다.

후아앗!

바람 소리와 함께 날아든 공이 순식간에 홈 플레이트 바깥쪽을 파고들었다.

퍼엉!

묵직한 포구음과 함께 제리 산체스의 미트가 꿈틀거렸다.

그와 동시에 제리 산체스가 몸을 일으켜 2루를 견제했다.

스킵 동작으로 리드를 넓혔던 호세 엘투베가 화들짝 놀라며 2루를 향해 몸을 날렸다.

뒤이어 뿌연 흙먼지가 2루 베이스 주변에 퍼져 올랐다.

'까불지 말라고.'

제리 산체스가 만족스러운 얼굴로 웃었다.

그리고는 한정훈에게 당당하게 공을 내던졌다.

하지만 공을 돌려받은 한정훈의 표정은 밝지가 않았다.

제리 산체스가 성급하게 몸을 움직인 탓에 기대했던 스트라이크 판정이 나오지 않은 것이다.

'이 코스도 볼인 거야? 아니면 저 녀석 때문인 거야?'

한정훈이 로진백을 신경질적으로 두드렸다.

호세 엘투베와 제이크 메리스에게 4구 연속 바깥쪽 공을 던지고 있는데도 아직까지 바깥쪽 스트라이크존이 선명하게 그려지지 않았다.

그런 줄도 모르고 제리 산체스는 또다시 바깥쪽 아슬아슬한 코스로 공을 요구했다.

'이건 아웃코스 성애자도 아니고…….'

길게 숨을 내쉬며 한정훈이 투수판을 밟았다.

그와 동시에 호세 엘투베가 리드 폭을 넓혀갔지만 제리 산체스가 2구째 투심 패스트볼을 요구한 만큼 굳이 신경 쓰지 않았다.

제아무리 호세 엘투베라 하더라도 패스트볼이 들어오는 상황에서 3루로 뛰는 건 무리였다.

게다가 제리 산체스는 강견이었다.

전체적인 수비 능력은 아직도 부족하다는 평가가 지배적이었지만 송구 능력만큼은 마이너리거 때부터 합격점을 받아왔다.

'일단 스트라이크를 하나 잡아보자.'

한정훈은 견제 대신 바깥쪽 스트라이크존 설정에 집중했다.

그리고 최대한 볼 끝이 말려 들어가도록 무브먼트에 신경을 쓰며 공을 내던졌다.

후아앗!

한정훈의 손끝을 빠져나간 공이 바람 소리를 내며 홈 플레이트 바깥쪽을 향해 날아들었다.

그러자 제이크 메리스가 움찔하며 허리를 멈춰 세웠다.

한정훈이 호세 엘투베를 견제하기 위해 바깥쪽으로 빠지는 공을 던졌다고 판단한 것이다.

하지만 바깥쪽으로 빠져나가려던 공이 다시 홈 플레이트 안쪽으로 말려들기 시작하면서 제이크 메리스의 눈빛이 달라졌다.

'투심 패스트볼!'

만약 다른 타자들 같았다면 이미 늦었다고 판단하고 공을 지켜봤을 것이다.

90mile/h 후반대에서 형성되는 한정훈의 투심 패스트볼은 노리고 치는 것조차 쉽지 않은 공이었다.

그러나 타석에서 참을성이라고는 눈곱만큼도 없다는 평가를 받고 있는 제이크 메리스는 거의 반사적으로 방망이를 휘둘렀다.

설사 맞지 않더라도 멍하니 서서 스트라이크를 먹는 건 성격에 맞지 않은 것이다.

후웅!

제이크 메리스의 방망이는 요란스럽게 허공을 갈랐다.

방망이를 휘두른 시점부터 늦었으니 어찌 보면 당연한 결과였다.

그런데 그 과정에서 사고가 터졌다.

"윽!"

호세 엘투베에게 정신이 팔려 있다가 제이크 메리스의 때늦은 스윙에 놀란 제리 산체스가 투심 패스트볼을 놓치고 만 것이다.

"젠장할!"

제리 산체스는 다급히 포수 마스크를 벗고 공을 찾았다.

다행히도 미트의 웹 끝에 걸렸던 공은 그리 멀리 튀지 않았다.

어지간한 주자라면 이 정도로는 감히 3루를 노리기 어려워 보였다.

그러나 애석하게도 2루를 밟고 있던 선수는 호세 엘투베였다.

디 오든과 함께 도루왕 경쟁을 펼칠 만큼 빠른 발을 보유한 그가 이런 기회를 놓칠 리 없었다.

타다다닷!

공이 빠진 시점에서 거의 절반을 내달렸던 호세 엘투베는 곧바로 3루를 향해 돌진했다.

그리고 제리 산체스가 막 공을 집어 들 시점에 슬라이딩을 감행했다.

"크아악!"

차마 3루로 공을 던지지 못한 제리 산체스의 입에서 분노가 터져 나왔다.

그렇게 무사 2루가 무사 3루로 변하고 말았다.

—아아, 제리 산체스. 공을 또다시 놓쳤습니다.

—저건 잡아줬어야죠. 저 공을 놓치면 투수는 던질 수 있는 공이 없습니다.

—호세 엘투베의 움직임이 신경 쓰였던 걸까요?

—일단은 투수를 믿고 타자와의 승부에 집중했어야 합니다. 한정훈은 마운드에서 침착하게 공을 던지려고 노력하는데 포수가 흥분해 버리면 이건 승산이 없어요.

—이런 식이면 안타 하나 없이 점수를 내주는 최악의 결과가 발생할지도 모르겠는데요.

—이제 막 경기가 시작된 상황에서 성급한 감이 없지 않지만…… 조지 지라디 감독이 뭔가 결단을 내려야 할 것 같습니다.

호르에 포사다는 흥분을 감추지 못했다.

어지간해서는 자신이 쓰던 양키즈의 주전 마스크를 물려받은 제리 산체스를 두둔해 주고 싶었지만 이건 도저히 그냥 넘길 수가 없었다.

제이크 메리스가 포구를 방해하듯 뒤늦게 방망이를 휘돌렸다고 하더라도 제리 산체스가 마지막까지 집중했다면 결코 공을 빠뜨리지 않았을 것이다.

하지만 제리 산체스는 쓸데없이 호세 엘투베에게 신경을 쓰다 공을 놓쳤다.

그리고 호세 엘투베를 3루까지 보내주고 말았다.

'멍청한 녀석! 작년에 그렇게 욕을 들어먹고도 달라진 게 없다니!'

호르에 포사다는 턱밑까지 치솟은 욕지거리를 힘겹게 되삼켰다.

지난 시즌에도 제리 산체스의 집중력과 판단력은 여러 번 도마 위에 올랐다.

뉴욕 언론도 양키즈 구단이 출혈을 감안하고라도 쓸 만한 포수를 영입해 와야 한다며 제리 산체스에게 불만을 드러냈다.

그럼에도 불구하고 제리 산체스의 이기적인 플레이는 좀처럼 나아지질 않았다.

쓸 만한 포수 자원의 부재로 인해 운 좋게 주전 포수가 됐다는 사실을 당사자인 제리 산체스만 모르는 모양이었다.

'저스틴 로마인을 마이너리그로 내리는 게 아니었어.'

호르에 포사다는 나이가 많다는 이유로 저스틴 로마인을 외면한 양키즈 구단도 마음에 들지 않았다.

만약 저스틴 로마인이 25인 로스터에 남아 있었다면 지금쯤 맘 편히 제리 산체스를 교체해 버렸을 것이다.

아니, 애당초 한정훈과 호흡이 잘 맞는 저스틴 로마인을 놔두고 한정훈과 상성이 맞지 않는 제리 산체스를 선발 포수로 기용하지도 않았을 것이다.

하지만 구단에서 포수 포지션의 세대교체를 명분으로 아담 앤더슨을 남겨두면서 일이 복잡해졌다.

–지금 상황에서 포수 교체는 힘들지 않을까요?

마크 앨런이 호르에 포사다를 바라봤다.

제리 산체스를 경기에서 빼는 건 찬성이지만 그 대안이 신인인 아담 앤더슨이라면 조금 더 고민해 봐야 한다는 이야기였다.

그러나 호르에 포사다의 생각은 달랐다.

–아담 앤더슨도 시범 경기에서 한정훈과 몇 차례 호흡을 맞춘 적이 있습니다. 그리고 브라이언 마칸도 아직 마스크를 쓸 정도의 체력은 남아 있을 겁니다.

호르에 포사다는 누가 나오더라도 제리 산체스가 남아서 경기를 망치는 것보다는 낫다고 여겼다.

그리고 다행히도 양키즈 코칭스태프 역시 같은 판단을 내렸다.

"선수 교체합니다."

조지 지라디 감독을 대신해 더그아웃 밖으로 나온 로비 토마스 벤치 코치가 구심에게 다가가 말했다.

뒤이어 전광판에 제리 산체스라는 이름 대신 아담 앤더슨이라는 이름이 떠올랐다.

"젠장할!"

더그아웃으로 불려간 제리 산체스는 거칠게 미트를 내던졌다.

몇 차례 실수가 있었어도 그렇지 개막전부터 교체라니.

자존심이 상해 참을 수가 없었다.

반면 엉겁결에 포수 마스크를 쓰게 된 아담 앤더슨은 하얗게 질린 얼굴이었다.

“정훈, 내, 내가 잘할 수 있을까?”

아담 앤더슨의 떨리는 눈동자가 한정훈을 향했다.

무사 3루. 실점 위기 상황에서 그가 믿을 수 있는 건 오직 한정훈밖에 없었다.

그러자 한정훈이 피식 웃으며 아담 앤더슨을 다독거렸다.

“앤더슨, 넌 25인 로스터에 포함됐다고. 그러니까 자신감을 가져. 그리고 한 점 정도는 내줘도 괜찮아.”

한정훈은 통역을 통해 아담 앤더슨에게 3루 주자 호세 엘투베를 신경 쓰지 말라고 당부했다.

자신처럼 메이저리그 데뷔전을 치르는 포수에게 실점하지 않는 리드를 바라는 건 무리였다.

“후우…… 알았어. 그럼 일단 아웃 카운트를 늘리는 쪽으로 리드해 볼게. 대신 마음에 들지 않으면 바로바로 알려줘. 알았지?”

아담 앤더슨이 크게 숨을 몰아쉬었다.

실점에 대한 부담감이 줄어들어서일까? 창백하던 얼굴이 점차 불그스름하게 변했다.

“아담! 원 스트라이크 원 볼이다. 잊지 마!”

포수석으로 되돌아가는 아담 앤더슨을 향해 통역이 짧게 소리쳤다.

아담 앤더슨에게 부담을 주고 싶진 않았지만 볼카운트는 제대로 일러줘야 할 것 같았다.

"원 스트라이크 원 볼."

포수 마스크를 쓰며 아담 앤더슨은 볼카운트를 되뇌었다.

그러다 슬쩍 애스트로스 더그아웃을 바라보고는 제법 과감한 사인을 냈다.

'몸 쪽 하이 패스트볼이라.'

사인을 확인한 한정훈이 피식 웃었다.

애스트로스 더그아웃에서 작전이 나올 상황을 염두에 둔 주문인지는 모르겠지만, 갑자기 아담 앤더슨이 듬직하게 느껴진 것이다.

'구단에서 괜히 저스틴 로마인을 내려보내진 않았겠지.'

양키즈 구단 내에서 수비만 놓고 봤을 때 저스틴 로마인은 대체 불가능한 자원으로 꼽혔다.

타격 능력이 형편없음에도 불구하고 지난 시즌 내내 메이저리그에 머물렀던 것도 올스타급 포수들 못지않은 안정적인 수비와 투수 리드 덕분이었다.

올 시즌 시범 경기에서도 저스틴 로마인은 꾸준한 모습을 보여주었다.

제리 산체스나 아담 앤더슨처럼 화끈한 타격 능력을 선보이지는 못했지만, 투수들을 가리지 않고 안정적으로 리드하면서 코칭스태프의 신뢰를 한 몸에 받았다.

특히나 에이스로 영입한 한정훈과의 호흡이 좋았다.

오죽했으면 저스틴 로마인을 한정훈의 전담 포수로 출전시켜야 한다는 말이 나돌 정도였다.

하지만 아담 앤더슨이 시범 경기 막판에 두각을 드러내면서 저스틴 로마인은 25인 로스터에서 탈락하고 말았다.

25인 로스터 발표 직전 양키즈 구단 관계자는 한정훈에게 찾아와 양해를 구했다.

구단의 빈약한 타격 사정상 25인 로스터에 세 명의 포수를 둘 수는 없다는 이야기였다.

한정훈은 구단의 입장을 존중했다.

저스틴 로마인이 공을 받아주는 게 마음이 편하긴 했지만 그렇다고 전담 포수를 고집해 까다롭다는 인상을 주고 싶지도 않았다.

한편으로는 에이스로서 주전 포수인 제리 산체스와 어떻게든 호흡을 맞춰 나갈 필요가 있다고 여겼다.

한국에서의 프로 2년 차 때 스톰즈 구단은 박기완의 체력적인 문제를 감안해 새로 영입한 이만호를 한정훈의 전담 포수로 쓰겠다는 계획을 세웠다.

루키 시즌 체력적인 한계를 드러낸 박기완이 전 경기에 마스크를 쓰는 건 한계가 있다는 판단 때문이었다.

하지만 박기완이 강하게 반발하면서 이만호 전담 포수 계획은 무산됐다.

그때 박기완은 에이스의 공을 받지 못하는 허울 좋은 주전 포수가 될 바에야 차라리 자신이 한정훈의 전담 포수가 되겠다고 말했다.

그리고 그런 박기완을 어르고 달래느라 스톰즈 구단도 한동안 곤욕을 치러야 했다.

당시 한정훈은 주전 포수라면 모름지기 에이스의 공을 받아야 한다는 박기완의 입장을 존중했다.

그래서 주전 포수로서 에이스로 영입된 자신의 공을 받지 못하는 제리 산체스의 입장을 헤아리려 노력했다.

그러나 애석하게도 그 노력은 최악의 결과를 만들어냈다.

고집스러운 바깥쪽 승부와 침착하지 못한 플레이가 겹치며 무사 주자 3루의 위기가 만들어졌다.

당연하게도 한정훈의 머릿속에는 마이너리그에 내려간 저스틴 로마인이 떠오를 수밖에 없었다.

그런데 아담 앤더슨의 첫 번째 사인이 나오자 저스틴 로마인에 대한 그리움이 확 줄어들었다.

아담 앤더슨에게서 불현듯 박기완의 모습이 떠오른 것이다.

'그러고 보니 체형도 비슷해. 동글동글한 생김새도 그렇고.'

아담 앤더슨을 박기완이라고 생각하니 왠지 마음이 편해졌다.

덩달아 긴장감으로 가득했던 한정훈의 얼굴에도 어느새 여유가 감돌았다.

반면 타석 밖에서 3루 코치의 사인을 받던 제이크 메리스의 얼굴은 제법 심각하게 변해 있었다.

포수가 교체된 어수선한 분위기를 틈타 애스트로스 더그아웃에서 스퀴즈라는 극단적인 작전이 나왔기 때문이다.

분위기가 가라앉은 만큼 양키즈 배터리는 볼카운트를 유리하게 만들려고 할 것이다.

더욱이 메이저리그 경험이 일천한 신인급 포수라면 당연히 볼보다는 스트라이크를 요구할 가능성이 높았다.

만약 마운드 위에 평범한 투수가 서 있었다면 애스트로스 더그아웃도 공격적인 제이크 메리스에게 모든 걸 맡겼을 것이다.

하지만 양키즈가 3억 8천만 달러를 투자하고 데려온 한정훈이라면 이야기는 달랐다.

시범 경기에서부터 압도적인 구위를 자랑하던 한정훈을 상대로 승리하기 위해서는 보다 확실하게 선취점을 뽑아낼 필요가 있었다.

고심 끝에 애스트로스 벤치는 희생번트를 통해 안전하게 한 점을 뽑고 가기로 결정을 내렸다.

스트라이크존으로 들어오는 공이라면 번트에 미숙한 제이크 메리스도 충분히 호세 엘투베를 홈으로 불러들일 수 있을 것이라고 판단한 것이다.

'바깥쪽으로 하나만 들어와라.'

한참 동안 타석을 고르며 마음을 정리한 제이크 메리스는 바깥쪽 공이 들어오기를 간절히 바랐다.

몸 쪽에 바짝 붙는 공은 솔직히 번트를 대기가 쉽지 않았다.

하지만 바깥쪽으로 포심 패스트볼이 들어온다면 그대로 1, 2루 쪽으로 타구를 밀어버릴 생각이었다.

그러나 애석하게도 한정훈의 손끝을 빠져나온 공은 제이크 메리스의 몸 쪽으로 붙어 들었다.

그것으로도 모자라 마지막 순간에 치솟으며 제이크 메리스가 방망이를 내밀지도 못하게 만들었다.

제이크 메리스가 뒤늦게 방망이를 빼는 시늉을 해봤지만 구심은 단호하게 주먹을 들어 올렸다.

투 스트라이크 원 볼.

"됐어!"

아담 앤더슨이 미트를 힘껏 두드렸다.

"젠장할!"

번트에 실패한 제이크 메리스가 이맛살을 찌푸리며 3루 코치를 바라봤다.

다행히도 3루 코치는 더 이상 스퀴즈 번트 사인을 내지 않았다.

'그래, 어떻게든 호세를 불러들이면 되는 거잖아?'

제이크 메리스는 매서운 눈으로 한정훈을 노려봤다.

그러면서 한정훈의 포심 패스트볼에 초점을 맞췄다.

공이 하도 빨라 타이밍을 잡기 어려운 만큼 한정훈이 공을 던지는 순간 방망이를 휘돌려 버릴 생각이었다.

하지만 한정훈의 손끝을 빠져나온 공은 패스트볼이 아니었다.

체인지업.

그것도 바깥쪽으로 도망치듯 흘러나가는 변종 체인지업.

'젠자아앙!'

뒤늦게 구종을 알아챈 제이크 메리스가 방망이를 멈춰 세우려 노력해 봤지만 소용없었다.

패스트볼이라고 확신하고 휘두른 방망이는 일찌감치 홈플레이트 상단을 지나가 버린 뒤였다.

그렇게 제이크 메리스가 맥없이 타석에서 물러났다.

그리고 애스트로스의 또 다른 간판타자, 카를로스 코어가 타석에 들어섰다.

순간 한정훈의 연속 삼진으로 들떴던 양키즈 스타디움이 다시 고요해졌다.

최근 3년간 100개가 넘는 홈런을 때려낸 카를로스 코어라면 큼지막한 외야 플라이를 때려낼지도 모른다는 불안감이 밀려든 것이다.

"제발! 제발!"

"코어를 잡아내야 해! 절대 얻어맞으면 안 된다고!"

양키즈 팬들은 너 나 할 것 없이 두 손을 모았다.

그리고 한정훈이 카를로스 코어를 이겨내 주길 간절히 바랐다.

만에 하나 한정훈이 카를로스 코어에게 한 방을 얻어맞으면 오늘 경기를 내줄 가능성이 높았다.

에이스를 만나면 더욱 형편없어지는 양키즈 타선이 제구력 좋은 사이영상 투수 댈런 카이클을 상대로 2점 이상을 뽑아내기가 쉽지 않았기 때문이다.

―한정훈이 제이크 메리스를 삼진으로 돌려세웠지만, 아직 긴장을 풀 때가 아닙니다.

―맞습니다. 상대는 카를로스 코어입니다. 신중하게 공을 던져야 합니다.

―참고로 카를로스 코어는 우투수의 바깥쪽 공에 강한 모습을 보여주었는데요. 이 점을 한정훈과 아담 앤더슨 배터리가 참고하길 바랍니다.

양키즈 중계진도 카를로스 코어를 조심해야 한다며 목소리를 높였다.

제아무리 한정훈이라 하더라도 1사 주자 3루 상황에서 지난 시즌 37개의 홈런과 0.233의 순 장타율을 기록한 카를로스 코어와 선불리 승부하는 건 무모해 보였다.

"어떻게 할까요?"

로비 토마스 벤치 코치가 조지 지라디 감독을 바라봤다.

경험이 부족한 아담 앤더슨은 연신 더그아웃을 힐끔거리고 있었다.

그렇다면 벤치에서 뭔가 확실한 답을 줄 필요가 있었다.

"후우, 거를 수도 없고……."

조지 지라디 감독은 무겁게 한숨을 내쉬었다.

만약 다른 투수가 마운드에 서 있다면 카를로스 코어를 걸러도 좋다는 사인을 냈을 것이다.

지난 시즌 득점권 타율이 3할대 중반에 달했던 카를로스 코어보다 미완성의 대기인 JJ 리드를 상대하는 편이 훨씬 나아 보였다.

하지만 3억 5천만 달러를 주고 데려온 한정훈에게 경기 초반부터 중심 타선을 거르라는 지시를 내릴 수는 없는 노릇이었다.

"걱정하지 마십시오. 한정훈이라면 잘 막아낼 겁니다."

투수 코치 래리 로스가 조지 지라디 감독의 옆으로 다가와 말했다.

데이터 야구를 신봉하는 그는 양키즈 코칭스태프들 중 한정훈의 영입을 가장 강력하게 원했다.

또한, 한정훈을 영입했다는 소식에 누구보다 진심으로 기뻐했다.

그만큼 래리 로스 코치는 한정훈에게 완전히 빠져 있었다.

표면적인 기록들뿐만 아니라 잘 알려지지 않은 세부 기록들까지 전부 따져 봤을 때 한정훈보다 완벽한 투수는 없다고 판단했기 때문이다.

실제로 한국에서의 4시즌 동안 주자를 3루에 둔 상황에서 한정훈이 내준 점수는 고작 8점에 불과했다.

그중 5점은 첫 시즌에 내준 점수였다.

두 번째 시즌 때 2점.

세 번째 시즌 때 1점.

놀랍게도 마지막 시즌 때는 단 한 명의 3루 주자도 홈을 밟도록 놔두지 않았다.

게다가 주자가 3루에 있을 때 한정훈의 구속은 평소보다 더 향상됐다.

무브먼트도 마찬가지.

오른손 투수인 만큼 투구 시 3루 주자가 신경이 쓰일 텐데도 한정훈은 배짱으로 내던졌다.

그리고 대부분의 상황에서 자신이 원하는 결과를 만들어 냈다.

래리 로스 코치는 더그아웃에서 쓸데없이 간섭하는 것 보다 한정훈에게 모든 걸 맡기는 편이 낫다고 여겼다.

평소 래리 로스 코치의 데이터에 근거한 의견들을 신뢰해 왔던 조지 지라디 감독도 이내 고개를 끄덕거리고는 편하게 승부하라는 사인을 냈다.

"후우……."

더그아웃의 의사를 확인한 한정훈이 기분 좋게 로진 가루를 불어냈다.

반면 코치들로부터 아무런 도움도 받지 못한 아담 앤더슨은 머리가 지끈거리기만 했다.

'이 상황에서 대체 뭘 요구해야 하지?'

앞서 만난 제이크 메리스는 지나치게 공격적이며 유인구에 잘 속는다는 단점이 확실한 타자였다.

그래서 그 빈틈을 파고들어 삼진으로 돌려세울 수 있었다.

하지만 카를로스 코어는 달랐다.

투수들에게 있어 호세 엘투베가 애스트로스 타자 중 가장 상대하기 싫은 타자라면 카를로스 코어는 상대하는 게 두려운 타자였다.

둘 다 까다로운 타자들이긴 했지만, 굳이 한 명과 상대해야 한다면 보다 강력한 펀치력을 가진 카를로스 코어를 피하고 싶을 수밖에 없었다.

그러나 마운드에 서 있는 한정훈이 카를로스 코어라고 해서 도망치듯 공을 던질 리 없었다.

'후우……. 분명 한 점은 줘도 괜찮다고 했어.'

아담 앤더슨이 길게 숨을 골랐다.

그리고는 카를로스 코어의 몸 쪽으로 미트를 붙여넣었다.

순간 한정훈과 양키즈 더그아웃의 희비가 갈렸다.

"몸 쪽이라. 이거 심장이 쫄깃해지는데?"

사인을 확인한 한정훈의 입꼬리가 살짝 꿈틀거렸다.

바로 코앞에 호세 엘투베가 서 있는 만큼 감정을 내색하지 않으려 했지만, 초구부터 몸 쪽 승부를 가져가는 아담 앤더슨의 배짱이 너무나 마음에 들었다.

반면 양키즈 코치들은 당혹스러움을 감추지 못했다.

"초구부터 몸 쪽이라니. 위험하지 않을까요?"

"카를로스 코어라면 분명 몸 쪽 공을 노리고 있을 텐데…… 왠지 불안합니다."

3년 전부터 몸 쪽 공 공략에 눈을 뜨며 거포로 자리매김한 카를로스 코어에게 초구부터 몸 쪽 승부는 확실히 위험해 보였다.

"괜찮을까요? 저러다 잘못되면 대미지가 클 텐데요."

로비 토마스 벤치 코치는 한정훈이 카를로스 코어에게 한 방을 얻어맞고 슬럼프에 빠질지도 모른다고 염려했다.

메이저리그 데뷔전에서 혹독한 신고식을 치르고 한동안 트라우마에 빠진 선수가 적잖았기 때문이다.

"흠……."

조지 지라디 감독은 신음으로 속내를 대신했다.

한정훈을 믿어야 하지만 불안함을 떨치기 어려운 이 상황이 그저 야속하기만 했다.

그때였다.

후웅!

3루수 호세 엘투베를 견제하던 한정훈이 투수판을 박차고 공을 내던졌다.

후아앗!

한정훈의 손끝을 빠져나간 공이 곧장 카를로스 코어의 몸 쪽으로 날아들었다.

몸 쪽 공이 올 것이라 예상했던 카를로스 코어도 기다렸다는 듯이 방망이를 움직였다.

대각선으로 날아든 공은 홈 플레이트 윗변의 꼭짓점을 아슬아슬하게 통과할 기세였다.

몸 쪽 스트라이크 판정에 인색한 메이저리그라 하더라도 스트라이크를 주지 않을 수 없는 코스였다.

그만큼 놓치면 두고두고 후회될 코스였다.

'걷어낸다!'

카를로스 코어는 팔꿈치를 최대한 붙인 채로 허리를 휘돌렸다.

카를로스 코어의 방망이도 허리를 빠져나와 홈 플레이트로 머리를 내밀었다.

인 앤드 아웃 스윙.

장타력은 있지만, 약점 많던 카를로스 코어를 리그를 대표하는 강타자로 만들어준 원천이었다.

간결하게 허리를 빠져나온 방망이의 헤더가 날아드는 공을 향해 달려들었다.

그사이 성큼 다가선 공은 겁도 없이 카를로스 코어의 히팅존을 파고들었다.

그렇게 공과 방망이가 한 점에서 만나려는 순간.

'걸렸다!'

카를로스 코어가 씩 웃었다.

언론에서 호들갑을 떨어대던 슈퍼 루키의 공을 처음으로 때려냈다는 확신이 든 것이다.

한정훈의 투구 동작과 동시에 진행됐던 간결한 테이크 백과 인 앤드 아웃 스윙, 그리고 완벽한 체중 이동까지.

무엇 하나 흠잡을 데 없이 완벽한 대처였다.

이 정도면 한정훈이 아니라 양키즈의 새로운 수호신으로 불리는 아롤디르 채프먼이 106mile/h(≒170.5km/h)짜리 몸 쪽 패스트볼을 붙여넣는다 해도 때려낼 자신이 있었다.

그런데…….

"……!"

걸리지 않았다. 방망이의 스위트 스폿에 걸려들어야 할 공이 그대로 시야 밖으로 사라져 버렸다.

'마, 말도 안 돼!'

원치 않게 시원스런 헛스윙을 한 카를로스 코어가 재빨리 고개를 돌렸다.

그리고 아담 앤더슨의 포구 위치를 살폈다.

아직까지 한정훈의 공을 받기에 급급한 아담 앤더슨은 프레이밍 자체를 하지 못했다.

한정훈의 공이 날아든 위치 그대로 미트를 들고 버티는 게 한계였다.

덕분에 카를로스 코어는 자신의 스윙을 꿰뚫고 지나간 공의 궤적을 가늠할 수 있었다.

'저 위치로 들어갔다고? 이게 가능한 일이야?'

카를로스 코어가 한참 동안 아담 앤더슨의 미트를 노려봤다.

아담 앤더슨이 멋쩍은 표정을 지으며 미트를 거둬들인 뒤에도 그의 시선은 달라지지 않았다.

아담 앤더슨의 포구 위치는 카를로스 코어가 예상했던 것보다 공 한 개 정도가 높았다.

시범 경기 때 한정훈이 던졌던 포심 패스트볼의 궤적과 비교해도 마찬가지였다.

한정훈의 포심 패스트볼은 최고 구속 104mile/h(≒167.3km/h)에 달할 만큼 빨랐지만 때려내지 못할 정도는 아니었다.

구속이 빨라지면서 100mile/h의 포심 패스트볼을 던질 때

만큼의 무브먼트가 살아나지 않았기 때문이다.

당연하게도 카를로스 코어는 시범 경기 때 한정훈이 던졌던 포심 패스트볼에 대비한 스윙을 했다.

설마하니 잠깐 사이에 한정훈의 포심 패스트볼이 이렇게 달라질 줄은 전혀 예상하지 못했다.

'저 자식, 설마 지금까지 저 공을 숨기고 있었던 거야?'

뒤늦게 정신을 차린 카를로스 코어가 한정훈을 매섭게 노려봤다.

한정훈이 시범 경기 때는 일부러 구위를 떨어뜨렸다가 위기가 찾아오자 본색을 드러낸 것이리라고 여겼다.

하지만 갑작스럽게 뻗어 오른 포심 패스트볼은 한정훈이 의도했던 게 아니었다.

'그래, 이 느낌이야.'

한정훈이 묘한 눈으로 오른손을 내려다봤다.

시범 경기를 치르면서도 남아 있던 이질적인 무언가가 방금 던진 포심 패스트볼과 함께 날아가 버린 듯한 기분이 든 것이다.

포수석에 앉은 아담 앤더슨의 표정도 별반 다르지 않았다.

'와우! 이거 진짜 장난 아니잖아?'

손바닥을 얼얼하게 만들어버린 한정훈의 회심의 일구에 카를로스 코어에 대한 부담감도 저만치 사라져 버렸다.

"후우……."

카를로스 코어의 입에서 무거운 한숨이 흘러나왔다.

애써 침착한 척 굴었지만, 그의 표정은 초구의 여파에서 좀처럼 헤어 나오질 못하고 있었다.

그 모습이 신인인 아담 앤더슨의 눈에도 엿보였다.

'이럴 때 완전히 얼을 빼놓는다면…….'

잠시 고심하던 아담 앤더슨이 신중하게 사인을 냈다. 그러자 한정훈이 피식 웃더니 고개를 끄덕였다.

한정훈이 투수판을 밟자 3루 주자 호세 엘투베가 보란 듯이 리드 폭을 벌렸다.

그러면서 한정훈과 눈을 맞추려 애를 썼다.

어떻게든 한정훈이 투구에 집중하지 못하도록 방해를 할 요량이었다.

하지만 정작 아담 앤더슨과 호흡을 맞추는 재미에 푹 빠져버린 한정훈은 호세 엘투베의 도발이 눈에 들어오지 않았다.

후아앗!

한정훈의 손끝을 빠져나간 공이 홈 플레이트를 향해 일직선으로 날아들었다.

'바깥쪽!'

카를로스 코어가 반사적으로 방망이를 움직였다.

초구에 노리던 몸 쪽 공을 놓치며 자신감이 살짝 꺾이긴 했지만 본래 그가 가장 자신 있어 하는 공은 바로 바깥쪽 스트라이크존을 파고드는 우투수의 패스트볼이었다.

카를로스 코어는 욕심부리지 않고 공을 좇았다.

마음 같아선 큼지막한 타구를 때려내 초구 때 받은 걸 고스란히 되돌려주고 싶었지만, 지금은 욕심을 부릴 만한 상황이 아니었다.

메이저리그의 역사를 새로 쓸 거라는 한정훈의 데뷔전에서 처음 맞이한 득점 기회였다.

이 기회를 무산시키면 애스트로스를 향해 미소 짓던 승리의 여신이 양키즈 쪽으로 고개를 돌릴지 몰랐다.

득점권에서 약한 모습을 보이는 4번 타자 JJ 리드를 위해서라도 자신의 타석 때 어떻게든 점수를 뽑아내야 했다.

그런 수많은 부담감이 카를로스 코어를 조급하게 만들었다.

그리고 그 조급함이 판단력을 떨어뜨리며 한정훈이 던진 공의 정체를 제대로 파악하지 못하게 만들었다.

'젠장할!'

잘 날아들던 공에 갑작스럽게 브레이킹이 걸리자 카를로스 코어의 얼굴이 일그러졌다.

한정훈의 포심 패스트볼만 신경 쓴 탓에 그가 수준급 체인지업을 구사한다는 사실을 깜빡 잊고 만 것이다.

대기 타석에서 타격 코치로부터 기습적으로 들어오는 체인지업을 조심하라는 당부를 들었을 때까지만 해도 카를로스 코어는 분명 체인지업을 염두에 두고 있었다.

하지만 앞 타자 제이크 메리스가 체인지업에 삼진을 당하면서 체인지업이라는 구종을 머릿속에서 지워 버렸다.

이유는 간단했다.

한정훈의 체인지업 구사 빈도는 10% 정도에 불과했다.

공 10개를 던지면 그중 중 한 개꼴로 체인지업이 들어온다는 이야기였다.

한 타자가 타석에서 지켜보는 공의 개수는 보통 5개 전후.

한정훈이 제이크 메리스에게 체인지업을 던진 만큼 자신에게 체인지업을 던질 확률은 없다고 봐도 무방해 보였다.

그래서 카를로스 코어는 오직 패스트볼만 머릿속에 담고 타석에 들어섰다.

한정훈의 손을 떠난 모든 공은 전부 패스트볼이라고 여겼다.

최고 구속 104mile/h(≒167.3㎞/h)의 포심 패스트볼을 던지는 투수를 상대로 고작 10%에 불과한 체인지업을 신경 쓸 여유도 없었다.

설사 체인지업이 들어오더라도 패스트볼과 구속 차이가 나는 만큼 얼마든지 골라낼 수 있다고 여겼다.

하지만 정작 허를 찌르듯 들어오는 체인지업은 상상 이상이었다.

패스트볼과 똑같은 투구 폼과 릴리스 포인트에서 날아들다 보니 브레이킹이 걸리기 전까지는 구종을 파악하는 것 자체가 쉽지 않았다.

무엇보다 순식간에 지나가는 패스트볼에 대비하다 보니 스윙을 멈춰 세우는 게 쉽지 않았다.

지금도 마찬가지.

구종을 간파했을 때는 이미 방망이가 홈 플레이트의 상단을 스쳐 지난 뒤였다.

“크윽!”

카를로스 코어가 신음을 되삼켰다.

체인지업 자체는 포심 패스트볼처럼 위력적이지 않았지만 완벽하게 허를 찔러 들어오다 보니 꼼짝을 할 수가 없었다.

그렇다고 이제 와서 체인지업을 노리기도 어려웠다.

한정훈이 던지는 공 중 90%가 패스트볼 계열이었다.

포심 패스트볼부터 시작해 투심 패스트볼, 커터, 스플리터, J-스플리터에 이르기까지 다양한 종류의 패스트볼에 대처하는 것도 버거운 상황이었다.

–한정훈! 바깥쪽 체인지업으로 카를로스 코어를 유린합니다!

–정말 좋은 공을 던졌습니다. 카를로스 코어는 패스트볼을 노리고 덤벼들었는데 완벽하게 속여 버렸네요.

–벤치의 사인이었을까요?

–조지 지라디 감독이 웃는 걸 보니 아담 앤더슨이 사인을 낸 것 같습니다.

–그렇다면 정말 대단한 배짱이네요.

–동감입니다. 우투수의 바깥쪽 코스에 강한 카를로스 코어를 상대로 체인지업이라니! 물론 한정훈의 공이 워낙 기가 막히게 들어갔지만, 아담 앤더슨도 칭찬해 주고 싶습니다.

궁지에 몰린 카를로스 코어를 비웃듯 양키즈 중계진은 한참 동안이나 한정훈–아담 앤더슨 배터리를 칭찬했다.

조마조마한 심정으로 경기를 지켜보던 팬들도 마찬가지였다.

"봤어? 세상에, 코어가 체인지업을 놓쳤다고!"

"놓친 게 아니야. 못 친 거라고."

"맞아. 완벽하게 들어갔잖아? 저런 공은 코어가 아니라 트라우스라 해도 못 친다고."

카를로스 코어가 타석에 들어올 때까지만 해도 고요했던 양키즈 스타디움이 다시 웅성거리기 시작했다.

볼 카운트 투 스트라이크 노 볼.

투수가 타자를 농락할 수 있는 최적의 볼카운트가 만들어졌기 때문이다.

한국의 관중들처럼 3구 삼진을 연호하진 않았지만 양키즈 팬들은 한정훈이 3구 삼진으로 카를로스 코어를 잡아내 주길 바랐다.

호세 엘투베를 3루에 두고 애스트로스의 간판인 카를로스 코어를 3구 삼진으로 돌려세운다면 경기 분위기를 양키즈 쪽으로 완전히 끌고 올 수 있을 것 같았다.

아담 앤더슨도 3구 삼진이 욕심났다.

아직 백업 포수로서의 입지가 확실하지 않은 상황에서 카를로스 코어를 제대로 잡아낸다면?

조지 지라디 감독의 눈도장을 받게 될 터였다.

'패스트볼을 찔러 넣을까? 아니야. 그러다 얻어맞기라도 한다면 큰일이야.'

아담 앤더슨이 애써 흥분을 가라앉혔다.

한정훈의 공이 쉽게 공략당할 것 같진 않았지만, 포수라면 만에 하나라는 상황을 염두에 둬야 했다.

카를로스 코어를 궁지로 몰아넣으며 흔들리던 분위기를 겨우 다잡은 상황이다.

여기서 굳이 카를로스 코어에게 타점을 올릴 만한 기회를 만들어줄 필요는 없었다.

'카를로스 코어도 분명 흔들렸을 거야. 그렇다면 이 공으로 끝을 보자.'

아담 앤더슨이 신중하게 사인을 냈다.

구종은 엄지를 편 손가락 두 개.

코스는 엄지.

그리고 침착하게 한정훈의 대답을 기다렸다.

"기완이 형하고 몰래 깨톡이라도 주고받은 거야?"

한정훈은 피식 웃음이 났다.

아담 앤더슨의 공격적인 볼 배합뿐만 아니라 투 스트라이크 이후 타자들의 방망이를 이끌어내는 스타일까지 박기완과 똑 닮아 보였다.

"그럼 어디 카를로스 코어를 낚아보실까?"

가볍게 고개를 끄덕거린 뒤 한정훈이 느긋하게 투수판을 밟았다.

그러면서 눈으로 3루 주자인 호세 엘투베를 견제했다.

"젠장할."

한정훈이 꼭 견제구를 던질 것처럼 노려보자 호세 엘투베가 3루 베이스 쪽으로 한 걸음 되돌아갔다.

다른 투수 같았다면 보란 듯이 신경을 건드려 봤겠지만, 한정훈은 만만치가 않았다.

지난 시범 경기 때 1루수 실책으로 3루까지 내달린 타자를 견제구로 잡아낸 전력이 있는 만큼 조심할 필요가 있었다.

애스트로스 더그아웃에서도 호세 엘투베에게 무리하지 말라는 사인을 냈다.

볼카운트가 몰리긴 했어도 찬스에 강한 카를로스 코어라면 어떻게든 호세 엘투베를 홈으로 불러들여 줄 것이라 기대했다.

양 팀의 바람이 서로 엇갈리는 가운데 한정훈이 힘껏 왼발을 들어 올렸다.

그리고는 104mile/h(≒167.3km/h)의 포심 패스트볼을 구사하듯 힘껏 공을 내던졌다.

후아앗!

한정훈의 손끝을 빠져나온 공이 순식간에 카를로스 코어의 몸 쪽으로 파고들었다.

'패스트볼!'

카를로스 코어는 이를 악물고 허리를 움직였다.

타이밍상 정타가 나올 확률은 낮았지만 망설이지 않았다.

설사 먹힌 땅볼이 나오더라도 호세 엘투베의 빠른 발이라면 충분히 득점이 가능할 거라 여겼다.

카를로스 코어의 움직임을 살피던 호세 엘투베도 홈 쪽으로 빠르게 움직였다.

카를로스 코어가 어떻게든 공을 맞춰준다면 군말 없이 홈으로 내달릴 생각이었다.

만약 포수석에 제리 산체스가 앉아 있었다면 호세 엘투베의 움직임에 현혹되어 엉덩이를 들썩거렸을 것이다.

제대로 포구하는 것보다는 지나치게 리드를 넓힌 호세 엘투베를 잡아낼 생각에 몸이 근질거렸을 것이다.

그러나 아담 앤더슨은 호세 엘투베 쪽은 바라보지도 않았다.

호세 엘투베를 3루 견제로 잡아내는 것보다 훨씬 짜릿한 상황이 눈앞에서 펼쳐지려 했기 때문이다.

카를로스 코어의 무릎 높이로 들어오던 공이 홈 플레이트를 앞두고 가라앉기 시작했다.

'스플리터!'

카를로스 코어가 다급히 허리를 멈춰 세워봤지만 소용없었다.

관성에 이끌린 방망이의 헤더는 카를로스 코어의 간절함을 무시한 채 그대로 홈 플레이트 상단을 넘어가 버렸다.

그사이 아담 앤더슨은 무릎을 꿇고 블로킹 자세에 들어갔다.

눈에 익지 않은 한정훈의 스플리터를 제대로 받을 자신이 없으니 차라리 몸으로 막아내겠다고 판단한 것이다.

투구를 마친 한정훈도 냉큼 홈 플레이트를 향해 내달렸다.

만에 하나 공이 좌우로 튈 때를 대비해 홈 플레이트를 커버할 생각이었다.

그러나 다행히도 카를로스 코어를 농락하며 비행을 마친 공은 홈 플레이트 끝부분에 부딪힌 뒤 아담 앤더슨의 가슴 보호대를 맞고 떨어졌다.

그리고 아담 앤더슨은 냉큼 떨어진 공을 포구해 3루 주자 호세 엘투베를 견제했다.

"젠장할!"

잠시 우왕좌왕했던 호세 엘투베는 사력을 다해 3루를 향해 몸을 날렸다.

다행히 3루수 로비 레프스나이더의 베이스 커버가 늦으면서 가까스로 세이프 판정을 받긴 했지만, 귀루가 조금만 늦었더라도 결과가 어찌 됐을지는 누구도 장담하기 어려웠다.

하지만 양키즈 해설진은 물론이고 관중들조차 아쉬운 3루수 로비 레프스나이더의 플레이를 탓하지 않았다.

그들은 이미 메이저리그에 막 데뷔한 루키 배터리의 환상적인 플레이에 넋이 나간 상태였다.

–한정후우우우운! 스플리터로 카를로스 코어를 삼진으로 돌려세웁니다!

–환상적이에요. 정말 대단합니다. 저 공, 저도 한 번 받아본 적이 있는데 홈 플레이트 앞에서 뚝 하고 떨어지는 느낌이거든요. 저 공은 치는 것도 어렵지만 받는 것도 까다로운 공인데, 아담 앤더슨이 정말 잘 포구했습니다.

–저는 갑자기 블로킹으로 공을 받아내서 깜짝 놀랐거든요.

–한정훈과 호흡을 맞춘 경험이 적다 보니 패스트볼에 대한 부담이 컸을 겁니다. 여기서 공이 빠지면 바로 한 점 내주는 거니까요.

–그리고 최악의 경우 카를로스 코어도 1루에서 살았겠죠.

–네, 그 점을 고려해 아담 앤더슨이 블로킹으로 공을 막아낸 겁니다. 정말 영리한 플레이었다고 칭찬해 주고 싶네요.

–그런 아담 앤더슨을 보고 냉큼 홈 플레이트로 뛰어들어온 한정훈의 플레이도 훌륭하지 않았나요?

—한정훈에 대해서는 칭찬이 무의미할 정도입니다. 다만 한정훈이 갑자기 홈 플레이트로 달려가서 마음이 철렁하긴 했습니다.

—하하, 실은 저도 그랬습니다. 아담 앤더슨이 공을 빠뜨렸다고 생각했으니까요.

—어쨌든 양키즈의 신인 배터리가 개막전부터 제대로 사고를 치는 듯한 기분입니다.

양키즈 중계진의 극찬은 4번 타자 JJ 리드가 타석에 들어설 때까지도 끊이질 않았다.

지난 시즌 17개의 홈런포를 가동하며 애스트로스의 새로운 히트 상품으로 자리매김한 JJ 리드였지만 호르에 포사다-마크 앨런 콤비는 물론 양키즈 스타디움을 가득 메운 팬들조차 아무런 걱정을 하지 않았다.

올스타급 플레이어로 성장한 카를로스 코어를 짓밟아버린 한정훈-아담 앤더스 배터리에게 신인의 티를 벗지 못한 JJ 리드쯤은 아무것도 아니라고 확신한 것이다.

그런 팬들의 기대를 충족시키듯 한정훈은 초구부터 공격적으로 JJ 리드를 몰아붙였다.

퍼엉!

묵직한 포구음과 함께 JJ 리드가 황망한 얼굴로 전광판을 바라봤다.

그러다 103mile/h(≒165.7km/h)이라는 구속을 확인하고는 입을 쩍 하고 벌렸다.

'빌어먹을. 엄청 빠르잖아?'

JJ 리드가 마른침을 꿀꺽 삼켰다.

막상 타석에 들어서 보니 대기 타석에서 지켜본 것보다 공이 훨씬 빨랐다.

게다가 바깥쪽을 파고드는 공은 도저히 칠 엄두가 나지 않을 정도로 아득했다.

본래 바깥쪽 코스에 약하기도 했지만, 어느 순간에 방망이를 휘둘러야 할지 계산조차 서지 않을 지경이었다.

'도망만 치지 말고 몸 쪽. 몸 쪽 공 하나만 던져 주라고.'

JJ 리드는 애써 마음을 다잡았다.

그리고 모든 신경을 몸 쪽 코스에 집중했다.

하지만 한정훈의 손끝을 빠져나간 공은 이번에도 바깥쪽 아득한 코스를 파고들었다.

"스트라이크!"

잠시 망설이던 구심이 주먹을 들어 올렸다.

초구보다 공 하나 정도 빠지긴 했지만, 이 정도는 JJ 리드가 충분히 공략해 낼 수 있는 코스라고 판단했다.

"이게 스트라이크라고요?"

JJ 리드가 말도 안 된다며 펄쩍 뛰었다.

초구에 들어온 포심 패스트볼도 치기 어려웠는데 이 공마

저 스트라이크를 준다는 건 타자더러 죽으라는 말과 다름없었다.

하지만 구심은 들은 척도 하지 않았다.

지난 시즌 신데렐라처럼 데뷔하긴 했어도 JJ 리드의 경력은 아직 루키 수준이었다.

구심하고 제대로 농담이라도 주고받으려면 최소 수백만 달러의 연봉을 받거나 몇 년 더 메이저리그 경력을 쌓아야 했다.

"빌어먹을!"

JJ 리드가 벌게진 얼굴로 방망이를 추켜들었다.

그사이 사인 교환을 마친 한정훈이 기다렸다는 듯이 공을 내던졌다.

후아앗!

바람을 가르며 날아든 공은 이번에도 바깥쪽으로 파고들었다.

"크아악!"

마지막까지 몸 쪽 공이 오길 기다렸던 JJ 리드는 악을 내지르며 방망이를 돌렸다.

투 스트라이크로 몰린 상황이라 더 이상은 공을 지켜볼 여력이 없었다.

그러나 한정훈의 손끝을 떠난 순간부터 스트라이크존을 벗어났던 공은 JJ 리드의 요란스러운 스윙과는 상당한 차이를 보이며 아담 앤더슨의 미트 속에 파묻혔다.

"젠장할!"

자신이 엉뚱한 공에 헛스윙했다는 사실을 깨달은 JJ 리드가 방망이를 내던졌다.

그와 동시에 양키즈 스타디움이 떠나갈 듯 함성이 터져 나왔다.

-한정훈! 4번 타자 JJ 리드까지 3구 삼진으로 돌려세웁니다!

-정말 대단하네요. 닭살이 돋을 정도입니다.

-1회에만 탈삼진을 4개나 뽑아냈는데요.

-이거 메이저리그 최초 기록 아닌가요?

-다저스의 브레드 페이가 2006년 한 이닝에 4개의 삼진을 잡아낸 게 최초 기록이지만 데뷔전에서 1회부터 4개의 삼진을 잡고 출발한 투수는 처음인 것 같습니다.

-어쨌든 한정훈, 자력으로 흔들리는 양키즈호를 구합니다!

-이게 바로 우리가 기다리던 에이스죠.

-네, 바로 그렇습니다. 이게 바로 에이스의 힘입니다. 그리고 홀로 팀을 구한 에이스가 바로 우리의 새로운 에이스입니다!

무사 3루의 위기를 홀로 이겨낸 한정훈을 향해 양키즈 팬들은 기립박수를 쳤다.

투구가 모두 끝난 게 아니지만, 한정훈이 보여준 경이로운 피칭은 박수갈채를 받기에 충분했다.

"정훈! 최고였어!"

마운드로 다가온 아담 앤더슨이 벌겋게 상기된 얼굴로 다가와 웃었다.

엉겁결에 메이저리그 데뷔전을 치르게 될 때까지만 해도 욕만 먹지 않았으면 좋겠다고 생각했는데 오히려 팬들의 박수를 받으며 더그아웃으로 돌아가게 됐으니 모든 게 꿈만 같았다.

"나이스 피칭!"

"잘했어! 에이스!"

더그아웃에 있던 선수들도 두 팔 벌려 한정훈을 맞았다.

일부 선수는 한정훈을 가리켜 에이스라 부르길 주저하지 않았다.

한정훈이 네 타자를 연속 삼진으로 잡아내는 모습에 반해버린 것이다.

"후우…… 정훈, 수고했어."

조지 지라디 감독도 다가와 한정훈에게 손을 내밀었다.

다른 코치들도 한정훈이 역전 만루 홈런을 때려내기라도 한 것처럼 어깨를 두드리며 칭찬을 아끼지 않았다.

그런 양키즈 더그아웃의 분위기가 애스트로스 해설진을 자극했다.

—양키즈가 벌써부터 호들갑을 떠네요.

—그만큼 한정훈에 대한 기대치가 낮았다는 이야기겠죠.

—솔직히 5년에 3억 5천만 달러는 미친 짓이었죠.

—한정훈의 낯선 공에 애스트로스의 중심 타자들이 당했지만 걱정할 건 없습니다. 댈런 카이클이 마운드에 오르고 있으니까요.

—한정훈의 쇼는 끝났습니다. 그리고 댈런 카이클의 쇼가 시작됩니다.

—먹튀 소리를 듣지 않으려면 무조건 좋은 성적을 올려야 하는 한정훈에게 댈런 카이클이 사이영상 수상자의 피칭을 보여줬으면 좋겠습니다.

—한정훈, 웃을 수 있을 때 실컷 웃는 게 좋을 겁니다. 경기가 끝나면 댈런 카이클을 만난 걸 후회할 테니까요.

애스트로스 해설진은 댈런 카이클의 사이영상 수상 기록을 여러 차례 언급하며 한정훈보다 한 수 위의 투수라는 사실을 강조했다.

아울러 댈런 카이클이 양키즈 쪽으로 잠시 넘어갔던 분위기를 다시 되찾아 올 것이라며 호언장담했다.

—애스트로스의 선발투수 댈런 카이클, 마운드에 오릅니다.

—양키즈에게 무척 강한 투수죠. 지난 3년간 양키즈를 상대로…… 5승, 아니, 6승을 거두었습니다.

—그 동안 평균 자책점이 고작 1.50밖에 되지 않습니다.

—1.50이요? 와우, 양키즈 타자들이 댈런 카이클을 상대로 고작 1.5점밖에 뽑아내지 못했나요?

—댈런 카이클이 양키즈를 상대로 경기당 평균 6.3이닝 정도 투구를 했으니…… 실제로는 경기당 1점 정도를 얻었네요.

—하아, 이거 한정훈이 1회를 깔끔하게 막아내지 못했다면 경기 시작부터 암울해질 뻔했네요.

양키즈 중계진들도 댈런 카이클의 등장에 긴장감을 늦추지 않았다.

사이영상을 수상한 투수라는 사실은 차치하고라도 댈런 카이클은 강한 투수였다.

나이를 먹으면 먹을수록 더욱 능구렁이 같아진다는 평가를 받고 있었다.

"제법이로군."

한정훈의 압도적인 피칭에 부담을 느낄 만도 하건만 댈런 카이클은 덤덤하게 로진백을 두드렸다.

그리고 1번 타자 비비 그레고리우스가 타석에 들어오기가 무섭게 한가운데 포심 패스트볼을 집어넣었다.

퍼엉!

묵직한 포구음을 남기고 사라져 버린 초구를 바라보며 비비 그레고리우스는 질근 입술을 깨물었다.

고단했던 1회 초를 마친 한정훈을 위해 최대한 오래 공을 지켜보겠다던 속내를 댈런 카이클이 간파한 게 틀림없었다.

'아무리 그래도 그렇지 한가운데라니.'

비비 그레고리우스가 신경질적으로 방망이를 움켜쥐었다.

상대 전적이 23타수 3안타밖에 되지 않으니 댈런 카이클이 자신감을 갖는 건 당연한 일이지만 이런 식으로 조롱을 받는 건 사절이었다.

'날 언제까지 루키로만 여기나 본데 어디 두고 보자!'

비비 그레고리우스의 매서운 시선이 댈런 카이클에게 향했다.

순간 댈런 카이클의 덥수룩한 수염이 꿈틀거렸다.

자신의 바람대로 비비 그레고리우스가 바짝 약이 오른 것이다.

'그렇다면 이 공이 제격이지.'

댈런 카이클은 초구와 마찬가지로 한복판으로 공을 내던졌다.

비비 그레고리우스는 기다렸다는 듯이 공을 쫓아 방망이

를 휘둘렀다.

그러나 마지막 순간 뚝 하고 떨어진 공은 비비 그레고리우스의 방망이가 홈 플레이트를 스쳐 지난 뒤에야 포수 알퍼드 곤잘레스의 미트 속으로 빨려 들어갔다.

체인지업.

"젠장!"

완벽하게 속아버린 비비 그레고리우스의 입에서 기어코 욕지거리가 터져 나왔다.

'후후, 애송이 녀석. 그 정도 실력으로는 FA 때 좋은 계약을 따내기 어렵다고.'

알퍼드 곤잘레스로부터 공을 돌려받은 댈런 카이클은 비비 그레고리우스에게 여유를 주지 않았다.

비비 그레고리우스가 마지못해 타석에 들어서자 곧바로 피칭 동작에 들어가 심리적인 우위를 점했다.

흥분을 가라앉히지도 못하고 타석에 들어섰던 비비 그레고리우스는 댈런 카이클의 백 도어성 슬라이더에 맥없이 방망이를 돌리고 말았다.

3구 삼진.

—댈런! 삼진입니다!

—이게 바로 사이영상 투수의 피칭입니다!

애스트로스 중계석이 크게 들썩거렸다.

고개를 숙이고 더그아웃으로 돌아온 비비 그레고리우스를 대신해 2번 타자 로비 레프스나이더가 타석에 들어섰다.

그러자 한정훈을 응원하던 한인 교포들이 고 김준태라는 플래카드를 들어 올렸다.

한국에서 태어나 미국으로 입양이 된 로비 레프스나이더의 한국명은 김준태.

한정훈이 오기 전까지 뉴욕의 한인들에게 가장 많은 사랑을 받아왔던 양키즈 선수였다.

동양인 내야수는 성공하기가 쉽지 않은 메이저리그에서 로비 레프스나이더는 메이저리그와 마이너리그를 오가며 기회를 얻기 위해 노력했다.

그 결과, 지난 시즌부터 양키즈의 붙박이 3루수가 됐다.

"저 녀석이군."

로비 레프스나이더의 등장에 댈런 카이클이 살짝 미간을 찌푸렸다.

간결한 스윙과 끈질긴 승부 근성을 보이는 로비 레프스나이더는 댈런 카이클이 껄끄러워하는 몇 안 되는 양키즈 타자 중 하나였다.

'댈런, 무리할 거 없어. 어차피 장타력은 없으니까 맞춰 잡자고.'

댈런 카이클의 속내를 파악한 알퍼드 곤잘레스가 몸 쪽으로 붙어 들어오는 싱커를 요구했다.

댈런 카이클의 주 무기인 싱커라면 로비 레프스나이더를 땅볼로 유도할 수 있다고 확신했다.

댈런 카이클은 선선히 고개를 끄덕거렸다.

그리고 알퍼드 곤잘레스의 주문대로 몸 쪽 깊숙이 싱커를 집어넣었다.

후아앗!

댈런 카이클의 싱커가 날아들자 로비 레프스나이더는 기다렸다는 듯이 방망이를 내밀었다.

댈런 카이클이 바깥쪽 패스트볼을 던졌다고 판단한 것이다.

하지만 정작 공은 한복판을 지나 몸 쪽 깊숙한 곳으로 파고들었다.

따악.

로비 레프스나이더의 방망이 안쪽에 먹힌 공이 3루수 놀란 몬타나의 앞으로 힘없이 굴러갔다.

놀란 몬타나는 여유롭게 타구를 잡고 1루를 향해 송구했다.

퍼엉!

"아웃!"

로비 레프스나이더가 채 반도 내달리기 전에 1루심의 주먹이 올라갔다.

"젠장할!"

로비 레프스나이더도 고개를 숙이고 더그아웃으로 물러났다.

뒤이어 타석에 선 3번 타자 스탈린 카이스트로도 마찬가지.

2구째 들어오는 슬라이더를 잡아당겨 유격수 땅볼로 아웃되었다.

댈런 카이클이 고작 공 6개로 양키즈 타선을 잠재우자 양키즈 스타디움이 다시 고요하게 변했다.

새로운 에이스 한정훈이 역투를 펼치더라도 댈런 카이클이 마운드에 버티는 한 양키즈가 승리를 차지할 가능성이 높지 않다는 사실을 새삼 실감한 것이다.

"정훈, 부담 갖지 말고 침착하게 던져. 알았지?"

로비 토마스 벤치 코치가 조지 지라디 감독을 대신해 한정훈을 독려했다.

마음 같아선 댈런 카이클이 마운드에서 내려오기 전까지는 절대 흔들려서는 안 된다고 당부하고 싶었지만 그랬다간 한정훈이 부담감에 스스로 무너져 버릴 것만 같았다.

–한정훈, 이런 때일수록, 보다 집중력 있는 피칭이 필요합니다.

–댈런 카이클의 호투에 자극을 받았을 텐데요. 의식할 필

요 없습니다. 누가 뭐래도 현시점에서 메이저리그 최고의 투수는 한정훈입니다.

–다음 타자가 존 스프링어인데요. 한 방을 때려낼 수 있는 타자입니다.

–지난 시즌 24개의 홈런포를 쏘아 올렸죠. 이 선수에게는 제구가 되지 않은 높은 공은 금물입니다.

양키즈 중계진도 다시금 긴장감을 조성했다.

2회 초 공격에서 장타력을 갖춘 존 스프링어–존 싱글이 연달아 나오는 만큼, 보다 신중한 피칭이 필요한 상황이었다.

하지만 1회 말 휴식 때 한정훈과 많은 이야기를 주고받은 아담 앤더슨은 1회 초 때의 과감한 리드를 이어 나갔다.

높은 공이라면 사족을 못 쓰는 존 스프링어를 상대로 초구부터 몸 쪽 하이 패스트볼을 요구한 것이다.

'걸렸다!'

한정훈의 손끝을 떠난 공이 눈에 선명하게 들어오자 존 스프링어가 한껏 입가를 비틀어 올렸다.

그리고는 마치 공을 쪼개 버릴 것 같은 기세로 방망이를 휘둘렀다.

후웅!

날카로운 바람 소리가 아담 앤더슨의 귓가를 때렸다.

그러나 공은 그보다 먼저 아담 앤더슨의 미트 속에 파묻혔다.

퍼엉!

묵직한 포구음이 바람 소리를 그대로 집어삼켜 버렸다.

동시에 자신만만하던 존 스프링어의 얼굴이 당혹감으로 물들었다.

'어, 어떻게……!'

존 스프링어가 믿기지 않는다는 눈으로 아담 앤더슨의 미트를 노려봤다.

분명 걸렸다고 여겼는데 공은 마지막 순간 뻗어 오르듯 손잡이 위쪽을 지나 사라져 버렸다.

코스만 놓고 보자면 명백한 볼.

일반적인 투수의 공이 이 높이로 들어왔다면 존 스프링어도 결코 방망이를 내밀지 않았을 것이다.

'뭐야? 라이징 패스트볼이라도 던진다는 거야?'

존 스프링어가 거칠게 숨을 골랐다. 그리고는 있는 힘껏 방망이를 움켜쥐었다.

까드득.

장갑의 마찰음이 귀곡성처럼 울렸다. 덩달아 그의 양팔 근육이 빵처럼 부풀어 올랐다.

그 모습을 힐끔 훔쳐보던 아담 앤더슨이 마른침을 꿀꺽 삼켰다.

정확도가 떨어지긴 하지만 순 장타율이 2할에 달하는 파괴력만큼은 결코 무시하기 어려웠다.

만약 다른 투수를 리드해야 하는 상황이라면 아담 앤더슨은 정면 승부를 피했을 것이다.

원 스트라이크를 잡아낸 만큼 볼카운트의 이점을 최대한 활용해 존 스프링어의 방망이를 끌어내기 위해 노력했을 것이다.

그러나 마운드 위에 선 투수가 한정훈이고 그가 양키즈의 에이스인 이상은 아담 앤더슨도 도망치고 싶지 않았다.

'한정훈과 호흡을 맞추는 게 오늘이 마지막일 수도 있어. 그러니까 나도 내가 할 수 있는 최선을 다해야 해.'

아담 앤더슨이 가랑이 사이로 검지를 내밀었다. 그리고는 초구와 반대편으로 미트를 움직였다.

구종은 투심 패스트볼.

코스는 바깥쪽 스트라이크.

'백도어 투심이라.'

한정훈이 피식 웃으며 고개를 끄덕였다. 아담 앤더슨의 주문대로만 공이 들어간다면 존 스프링어를 꼼짝 못 하게 만들 수 있을 것 같았다.

73장
데뷔전(3)

"후우……."

천천히 숨을 고르며 존 스프링어의 타이밍을 잰 뒤 한정훈이 빠르게 투구 동작에 들어갔다.

후아앗!

한정훈의 공이 엇박자로 들어오자 존 스프링어가 다급히 숨을 들이켰다.

그러다 바깥쪽으로 빠져나가는 공을 보고는 휘돌리려던 허리를 멈춰 세웠다.

한정훈이 자신의 선구 능력이 떨어지는 걸 알고 바깥쪽 유인구를 던졌다고 판단한 것이다.

하지만 바깥쪽으로 빠질 것 같던 공은 마지막 순간에 방향을 바꾸어 홈 플레이트 바깥쪽을 정확하게 긁어냈다.

그렇다 보니 구심도 망설이지 않고 팔을 들어 올렸다.

"스트라이크!"

"뭐라고요? 지금 장난해요?"

구심의 스트라이크 콜이 떨어지기가 무섭게 존 스프링어가 거칠게 항의했다.

한정훈이 던진 공이 백도어성 투심 패스트볼이라는 걸 모르지는 않지만 이건 해도 너무했다.

포구 직전까지 홈 플레이트를 벗어났다가 마지막 순간에 살짝 걸친 공까지 스트라이크를 잡아준다면 타자는 칠 공이 없었다.

그러나 한정훈의 공이 마지막 순간에 정확하게 스트라이크존을 통과한 만큼 구심도 판정을 바꿀 마음이 없었다.

"확실한 스트라이크야. 네가 홈 플레이트에서 멀리 떨어져서 멀어 보인 거라고."

"내 덩치를 봐요. 내 팔이 얼마나 긴데 바깥쪽 공 하나 못 치겠어요?"

"시끄럽고 더 이상 항의하면 퇴장이야."

"젠장할!"

존 스프링어는 구심과의 입씨름에서 아무런 성과도 거두지 못했다.

오히려 잔뜩 흥분한 상태로 타석에 들어섰다가 한정훈이

내던진 바깥쪽 하이 패스트볼에 맥없이 방망이를 휘두르고 말았다.

—아아, 존 스프링어. 엉뚱한 공에 방망이가 나갔습니다.
—저 정도 코스는 참아줬어야 했는데요. 2구째 스트라이크 판정 때문에 침착함을 잃은 느낌입니다.

큰 것 한 방을 기대했던 애스트로스 중계석에서 한탄이 흘러나왔다.
1번 타자 호세 엘투베부터 5번 타자 존 스프링어까지 5타자가 연속으로 삼진을 당하며 물러났다.
이 분위기가 계속된다면 한정훈의 거품을 벗겨내기는커녕 퍼펙트게임을 걱정해야 할 것 같았다.
"뭣들 하는 거야? 보다 적극적으로 방망이를 휘두르라고! 한정훈의 공은 스트라이크존을 거의 벗어나지 않아!"
보다 못한 애스트로스의 BJ 힌치 감독이 나서서 선수들을 독려했다.
그 덕분인지 6번 타자 존 싱글이 한정훈의 초구를 건드리며 6연속 타자 삼진의 위기를 끊어냈다. (존 싱글은 3루수 땅볼로 아웃).
그러나 7번 타자 프레스톤 마커가 또다시 삼진을 당하며 한정훈의 탈삼진 숫자를 6으로 늘려놓았다.

–양키즈의 젊은 에이스가 2이닝 동안 6개의 탈삼진을 뽑아내며 애스트로스 타선을 잠재웁니다.

–오늘 경기가 한정훈의 데뷔전이라는 게 의심스러울 정도입니다.

–저 역시 오늘 경기가 호르에 포사다의 해설가 데뷔 경기라는 게 의심스럽습니다.

–제가 그만큼 잘하고 있다는 이야기죠?

–크흠. 그 질문에 대해서는 노코멘트 하겠습니다.

–오, 제발. 마크. 어서 그렇다고 대답해 줘요.

–글쎄요. 굳이 제 대답이 필요할까요? 경기가 끝나면 양키즈 팬들이 알아서 평가해 줄 텐데 말입니다.

한정훈이 1회에 이어 2회까지 깔끔하게 틀어막자 양키즈 중계석에는 여유가 흘러넘쳤다.

반면 애스트로스 중계석은 긴장감이 감돌았다.

선두 타자가 댈런 카이클에게 강한 양키즈의 4번 타자 채이스 해틀리였기 때문이다.

"후우……."

채이스 해틀리를 맞이한 댈런 카이클도 길게 숨을 골랐다.

좌타자임에도 불구하고 채이스 해틀리는 좌투수에 강했다.

지난 시즌에도 좌투수를 상대로 3할 2푼의 타율과 13개의 홈런을 기록했다.

그리고 그 13개의 홈런 중 2개를 댈런 카이클에게 빼앗았다.

올 시즌부터 채이스 해틀리를 대신해 더스티 애클리를 4번 타자로 중용하겠다고 밝혔던 조지 지라디 감독도 댈런 카이클이 선발투수인 걸 확인하고는 채이스 해틀리를 다시 한 번 4번으로 기용했다.

그만큼 조지 지라디 감독은 채이스 해틀리에게 기대를 걸었다.

채이스 해틀리가 양키즈의 개막전 승리를 위해 댈런 카이클에게 큰 것 한 방 날려주길 바랐다.

'하나만 들어와라!'

타석에 들어선 채이스 해틀리도 장타에 욕심을 냈다.

앞선 타석 때 지켜봤던 댈런 카이클의 구속과 구위가 예년만 못한 만큼 노리는 공이 들어온다면 망설이지 않고 방망이를 휘돌릴 생각이었다.

그러나 댈런 카이클은 채이스 해틀리와 정면 승부를 가져갈 마음이 조금도 없었다.

'치기 쉬운 공은 절대 주지 않아.'

댈런 카이클이 있는 힘껏 초구를 내던졌다.

후아앗!

바람 소리와 함께 날아간 공이 초승달처럼 바깥쪽으로 휘어져 나갔다.

한복판 공이라 여기고 반쯤 허리를 돌렸던 채이스 해틀리가 다급히 방망이를 멈춰 세웠지만 3루심은 여지없이 주먹을 들어 올렸다.

"젠장, 속았군."

채이스 해틀리가 쓴웃음을 머금었다.

초구에 체인지업으로 스트라이크를 잡으러 들어올 것이라 예상했는데 노림수가 완전히 빗나가 버렸다.

"후읍."

짧게 숨을 고른 뒤 채이스 해틀리는 다시 방망이를 들어 올렸다.

댈런 카이클이 기다렸다는 듯이 공을 던졌다.

몸 쪽으로 날카롭게 날아들던 공은 홈 플레이트 코앞에서 뚝 하고 떨어졌다.

체인지업.

"후우……."

힘겹게 공을 고른 채이스 해틀리가 무겁게 한숨을 내쉬었다.

초구에 예상했던 체인지업이 2구째 유인구로 들어오니 다음에는 어떤 공을 노려야 할지 막막해지는 기분이었다.

'슬라이더에는 속지 말자.'

다시 타석에 들어서며 채이스 해틀리가 제 헬멧을 힘껏 두드렸다.

좌타자를 상대로 댈런 카이클이 전가의 보도처럼 휘두르는 슬라이더만 잘 골라낸다면 어떻게든 기회는 올 것이라 여겼다.

그런 채이스 해틀리를 상대로 댈런 카이클이 바깥쪽에 꽉 찬 포심 패스트볼을 찔러 넣었다.

전광판 구속은 89mile/h(≒143.2km/h).

100mile/h대의 구속을 유지하던 한정훈의 포심 패스트볼에 비한다면 결코 빠르게 느껴지지 않을 공이었지만 채이스 해틀리는 그 공을 멍하니 바라볼 수밖에 없었다.

댈런 카이클이 이 타이밍에 승부를 걸어올 것이라고는 예상하지 못한 것이다.

"빌어먹을. 숨 돌릴 틈을 안 주는군."

결국 투 스트라이크에 몰린 채이스 해틀리는 4구째 바깥쪽으로 휘어져 나가는 슬라이더를 건드려 유격수 앞 땅볼로 물러나고 말았다.

이후 타석에 들어선 좌타자 5번 타자 더스티 애클리와 6번 타자 브라이언 마칸도 댈런 카이클의 각도 큰 슬라이더를 참아내지 못하고 범타에 그쳤다.

—댈런 카이클! 1회에 이어 2회도 양키즈의 타자들을 깔끔하게 지워 버립니다.

–2이닝 동안 투구 수가 15개밖에 되지 않아요. 이 페이스라면 오늘 경기 완투도 문제없을 것 같습니다.

–한정훈이 100마일이 넘는 강속구를 앞세워 탈삼진을 늘려가고 있지만 글쎄요. 과연 그게 효율적인 피칭인지에 대해서는 의문입니다.

–제 생각도 같습니다. 댈런 카이클을 보세요. 한정훈보다 10마일이나 느린 패스트볼로도 타자들을 제대로 요리하고 있어요. 이게 바로 사이영상급 투수의 피칭입니다.

이닝이 끝날 때마다 애스트로스와 양키즈 해설진들은 번갈아 가며 댈런 카이클과 한정훈을 극찬했다.

경기 전부터 언론에서 사이영상을 노리는 에이스들의 맞대결로 포장한 만큼 팽팽한 투수전이 점쳐지긴 했지만, 이 정도로 숨 막히는 경기가 진행될 것이라고는 그 누구도 예상하지 못한 것이다.

최고 구속 103mile/h(≒165.7㎞/h)의 포심 패스트볼을 앞세운 한정훈은 7회까지 1피안타 무실점으로 애스트로스 타선을 완벽하게 틀어막았다.

스물두 개의 아웃 카운트 중 탈삼진은 무려 15개.

2이닝을 남겨놓은 상황에서 G. R. 리차드가 세운 데뷔전 최다 탈삼진 기록과 타이를 기록했다.

유일한 옥에 티라면 4회 초 선두 타자 카를로스 코어에게 내야 안타를 허용한 게 전부였다.

그마저도 유격수 스탈린 카이스트로의 실책성 플레이가 겹친 결과였다.

이 정도면 메이저리그 역사를 통틀어 역대급 데뷔전이라고 봐도 무방해 보였다.

게다가 상대는 지난 시즌 아메리칸리그팀 타율 6위를 기록했던 애스트로스였다.

타격이 약한 팀을 상대로 수월하게 이뤄 낸 결과가 결코 아니었다.

하지만 애석하게도 더그아웃에서 땀을 닦는 한정훈은 웃지 못했다.

자신 못지않게 댈런 카이클이 호투를 이어가고 있었기 때문이다.

댈런 카이클은 6이닝 동안 3피안타 무실점으로 양키즈 타선을 꽁꽁 묶었다.

탈삼진은 4개에 불과했지만 제구를 앞세운 효율적인 피칭으로 양키즈 타선을 농락하다시피 했다.

6회까지 투구 수는 고작 55개.

댈런 카이클의 체력을 감안하더라도 최소 8회까지는 책임져 줄 것 같았다.

"답답하군."

또다시 댈런 카이클의 슬라이더에 당하고 물러난 채이스

해틀리를 바라보며 조지 지라디 감독이 고개를 흔들어 댔다.

경험 많은 채이스 해틀리라면 어떻게든 물꼬를 터줄 거라 기대했건만 오히려 댈런 카이클에게 휘둘리고 있었다.

댈런 카이클에 약했던 더스티 애클리와 브라이언 마칸은 애당초 기대조차 되지 않았다.

이런 분위기 속에서 경기가 불펜 싸움으로 이어진다면 양키즈가 절대적으로 불리할 수밖에 없었다.

"변화가 필요해."

조지 지라디 감독이 라인업을 살폈다.

댈런 카이클이 9회에도 마운드에 오를지 장담하기 어려운 상황이라 8회에는 꼭 점수를 뽑아내야 했다.

최소한 루상에 주자를 남겨둔 상태로 댈런 카이클을 강판시킬 필요가 있었다.

하지만 애석하게도 타자들이 시원치 않았다.

7번 타자 베리 가멜은 첫 타석에 투수 앞 땅볼을 때리더니 다음 타석 때는 삼진, 그다음 타석에서는 포수 파울 플라이로 물러나며 댈런 카이클의 어깨를 가볍게 만들어주었다.

9번 타자 매스 윌리암스도 마찬가지.

2루수 앞 땅볼과 1루수 앞 땅볼, 그리고 유격수 앞 땅볼을 때려내 애스트로스 중계진들로부터 3루수 앞 땅볼을 때리면 땅볼 그랜드슬램을 달성한다는 비아냥거림을 듣고 있었다.

그나마 8번 타자 아담 앤더슨이 큼지막한 두 개의 플라이를 때려내긴 했지만, 오늘 메이저리그에 데뷔한 신인에게 많은 걸 기대하긴 어려워 보였다.

'차라리 댈런 카이클이 9회에도 마운드에 오르길 바라는 게 최선일지도 모르겠어.'

조지 지라디 감독이 무겁게 한숨을 내쉬었다.

바로 그때.

"그렇지!"

"나이스 피칭!"

더그아웃이 소란스럽게 변했다.

조지 지라디 감독은 다급히 전광판을 바라봤다.

그러다 뭔가를 발견하고는 씩 웃었다.

15개였던 한정훈의 탈삼진 개수가 16개로 변한 것이다.

"이제 오타니 기록까지 1개 남았습니다."

"아직 아웃 카운트가 5개가 남았으니 타이기록은 무난할 것 같습니다."

조지 지라디 감독의 옆에 서 있던 코치들이 하나같이 호들갑을 떨어댔다.

현재 메이저리그 데뷔전 최다 탈삼진 기록은 오타니 쇼헤가 기록한 17개였다.

해당 경기에서 지나치게 관대했던 스트라이크존이 적용됐고 오타니 쇼헤는 물론이고 맞대결을 펼쳤던 상대 투수 역시 커리어 하이의 탈삼진 기록을 기록하면서 이 기록을 인정하지 말아야 한다는 야구인들의 목소리가 높았지만 어쨌든 공식적인 기록은 17개였다.

한정훈은 8회 마운드에 오르기가 무섭게 존 싱글을 삼진으로 돌려세우며 이 기록에 하나 차이로 따라붙었다.

그리고 8번 타자 알퍼드 곤잘레스를 또다시 스탠딩 삼진으로 잡아내며 기어코 오타니 쇼헤와 타이기록을 달성했다.

"와우! 이 괴물 같은 녀석!"

"보라고! 저 엄청난 녀석이 핀 스트라이프를 입고 있다고!"

더그아웃으로 돌아가는 한정훈을 향해 관중들이 함성을 쏟아냈다.

1회 초부터 시작된 한정훈의 탈삼진 쇼에 다들 넋이 나간 얼굴이었다.

양키즈 중계진들도 월드 시리즈 7차전에서 보고 싶은 압도적인 피칭이라며 한정훈을 추켜세우는 걸 주저하지 않았다.

야수들도 기다렸다는 듯이 다가와 한정훈의 엉덩이를 두드렸다.

특히나 4회 초에 실책성 플레이를 보여줬던 유격수 스탈린 카이스트로는 중계 카메라를 의식하듯 한정훈과 보란 듯이 글러브로 하이파이브를 나누었다.

한정훈이 깔끔하게 8회 초를 막아내면서 양키즈 더그아웃이 다시 뜨거워졌다.

그럴수록 다음 등판을 준비하는 투수들의 얼굴에는 부담감이 차곡차곡 쌓여만 갔다.

"후우, 내일 경기가 걱정되는데……."

다나카 마스히로도 무겁게 한숨을 내쉬었다.

바로 내일 선발 등판해야 하는 입장에서 한정훈의 압도적인 투구가 마냥 반갑지만은 않았다.

한정훈은 100mile/h을 넘나드는 패스트볼을 앞세워 애스트로스 타자들을 힘으로 찍어 눌렀다.

애스트로스 타자들은 한정훈의 기세에 눌려 제대로 된 타구조차 만들어내지 못했다.

제아무리 원정 개막전이고 한정훈에 대한 데이터가 많지 않다고는 해도 지나치게 무기력한 모습이었다.

분위기상 오늘 경기에서 애스트로스 타자들이 한정훈을 제대로 공략하기란 어려워 보였다.

하지만 내일은 달랐다.

아메리칸리그뿐만 아니라 메이저리그를 통틀어 상위권의 타격 능력을 보유한 애스트로스다.

내일이 되면 언제 그랬냐는 듯 방망이에 불을 붙일 게 틀림없었다.

"걱정 마세요. 다나카 선배라면 승리투수가 될 겁니다."

옆에 앉은 하리모토 쇼타가 다나카 마스히로를 위로했다.

국적을 떠나 다나카 마스히로는 하리모토 쇼타가 존경하고 닮고 싶어 하는 투수 중 하나였다.

그런 다나카 마스히로가 해보지도 않고 앓는 소리를 하는 모습은 보고 싶지 않았다.

"말은 고맙다."

다나카 마스히로가 씁쓸하게 웃었다.

후배로서 자신을 높이 평가해 주는 하리모토 쇼타의 마음은 고마웠지만, 그 기대에 미치지 못할까 봐 겁이 났다.

지난 3년간 애스트로스를 상대로 다나카 마스히로는 평범한 성적을 거두었다.

7경기 등판해 3승 2패, 평균 자책점 3.15.

나쁘지는 않았지만 양키즈만 만나면 펄펄 나는 애스트로스의 에이스 댈런 카이클과는 확실히 비교되는 결과였다.

그래서 에이스 자리를 한정훈에게 넘겨주게 됐을 때 한편으로는 후련함이 없지 않았다.

에이스들과의 맞대결에서 벗어났다는 것만으로도 등판마다 느끼던 가슴을 짓누르는 압박감에서 조금은 자유로울 수 있을 것 같았다.

하지만 막상 한정훈의 압도적인 투구를 지켜보니 부담감은 더욱 커져만 갔다.

한정훈에게 짓밟히고 억눌린 애스트로스 타선이 내일 자신을 노린다는 생각만으로도 벌써부터 체증이 올라올 정도였다.

그런 다나카 마스히로의 속마음도 모른 채 하리모토 쇼타는 더그아웃으로 들어오는 한정훈을 제 옆자리에 앉혔다.

그리고 공부하듯 질문을 늘어놓았다.

“프레스톤 마커에게 2구째 체인지업을 던져서 맞았잖아. 왜 던진 거야?”

“왜 던지긴. 사인이 나왔으니까 던졌지.”

“프레스톤 마커는 앞선 두 타석에서 패스트볼에 전부 삼진을 당했잖아. 그럼 당연히 패스트볼 승부가 정답 아냐?”

“프레스톤 마커를 마지막으로 상대한다면 그랬겠지. 하지만 앞으로 몇 번이고 맞붙어야 할 상대인데 패스트볼을 눈에 익게 만들어줄 필요가 있을까?”

“그럼 맞을 걸 알고 일부러 체인지업을 던진 거야?”

“어느 정도는. 체인지업을 하나쯤 던질 타이밍이기도 했고.”

“그걸…… 너는 다 계산하면서 던지는 거야?”

“그럼 로진백 두드리면서 무슨 생각을 할까? 어떻게 하면 로진 가루를 손가락에 아름답게 묻힐지 고민해야 해?”

“칫, 지금 내가 로진 가루에 신경 쓴다고 비아냥거리는 거냐?”

“알면 됐다.”

“재수 없는 자식.”

시범 경기 후반기부터 시작된 한정훈과 하리모토 쇼타의 아옹다옹은 개막전인 오늘도 쉬지 않고 이어졌다.

그리고 그들이 나눈 시답잖은 대화는 근처에 서 있던 통역을 통해 로비 토마스 벤치 코치에게 전해졌다.

"확실히 하리모토 쇼타가 한정훈을 의지하고 있군. 한정훈도 내색하진 않지만 하리모토 쇼타를 잘 챙겨주는 것 같고."

로비 토마스 코치가 고개를 주억거렸다.

하리모토 쇼타의 메이저리그 적응에 양키즈의 보스트 시즌 진출 가능성이 걸려 있다고 해도 과언이 아닌 상황에서 에이스인 한정훈이 귀찮음을 무릅쓰고 하리모토 쇼타를 잘 이끌어주고 있으니 한결 마음이 가벼워졌다.

"한국인들은 정이 많다더니…… 한정훈도 그런 모양이야."

로비 토마스 코치가 한정훈을 바라봤다.

어지간한 투수들 같았다면 이런 상황에서 말도 걸지 못할 만큼 신경질적으로 굴었을 것이다.

자신이 이만큼 던졌는데 타자들이 전혀 도움이 되질 않는다며 대놓고 불만을 터뜨렸을지도 몰랐다.

하지만 한정훈은 담담했다.

속내는 어떨지 몰라도 하리모토 쇼타와 대화를 주고받으며 애써 태연한 척 굴었다.

그러면서도 에이스로서 범타로 물러난 야수들을 독려하는 걸 잊지 않았다.

'한정훈이 오늘 같은 경기력만 유지해 준다면 머잖아 클럽하우스의 리더가 될 수도 있겠어.'

로비 토마스 코치는 한정훈의 빠른 적응력이 마음에 들었다.

이대로 조금씩 선수들의 신뢰를 얻어 가면서 제 목소리를 높인다면 중구난방인 양키즈 호에 제대로 된 선장이 나올 것 같았다.

'그러기 위해서라도 오늘 경기는 꼭 좀 이겨줬으면 좋겠는데…….'

로비 토마스 코치의 간절한 시선이 그라운드를 향했다.

그 순간.

따악!

날카로운 타격음과 함께 타구가 1, 2루 간을 꿰뚫고 빠져나갔다.

"그렇지!"

"베리! 굿!"

바깥쪽으로 휘어져 나가려던 슬라이더를 잡아당겨 안타를 때려낸 베리 가멜을 향해 더그아웃 선수들이 하나같이 엄지를 추켜들었다.

투 스트라이크 원 볼로 몰린 상황에서 끈질기게 승부에 임했던 베리 가멜도 당당히 1루를 밟은 뒤 더그아웃을 향해 주먹을 들어 올렸다.

"젠장! 하필 그게 몰리다니."

댈런 카이클이 신경질적으로 스파이크의 흙을 털어냈다.

그러면서 매서운 눈으로 한정훈을 노려봤다.

마치 베리 가멜에게 안타를 맞은 게 한정훈의 탓이라도 되는 것처럼 말이다.

그 모습이 3루 쪽 중계 카메라를 통해 정확하게 잡혔다.

댈런 카이클이 한정훈을 노려본 시간은 짧았지만, 중계팀은 친절하게 댈런 카이클의 얼굴과 한정훈의 얼굴을 번갈아 비추며 두 선수 사이에 무언가 트러블이 있다는 사실을 부각시켰다.

그러자 양키즈 해설진이 기다렸다는 듯이 입을 열었다.

–댈런 카이클, 아무래도 한정훈을 의식한 느낌인데요.

–한정훈이 벌써 17개의 탈삼진을 잡아냈으니까요.

–똑같은 하위 타자를 상대하고 있으니 댈런 카이클도 어깨에 힘이 들어간 것 같습니다.

–댈런 카이클도 최고의 피칭을 선보이고 있지만 뭐랄까…… 느낌이 다르죠.

–한정훈은 경이로운 느낌인 반면에 댈런 카이클은 훌륭한 정도랄까요?

—네, 둘 다 무실점 피칭이긴 하지만 둘 중 누가 더 나은 피칭을 했냐고 따진다면 아무래도 탈삼진 수에서 압도적인 한정훈의 손을 들어줄 수밖에 없을 테니까요.

—어쨌든 댈런 카이클이 지금까지와는 다르게 성급한 피칭을 하면서 베리 가멜을 1루에 내보냅니다.

—이제부터가 중요하죠. 아담 앤더슨이 어떻게든 베리 가멜을 2루로 보내야 합니다.

—주자가 1루에 있는 것과 2루에 있는 것은 투수가 받는 압박감이 전혀 다르니까요. 아담 앤더슨, 침착하게 공을 지켜봐야 합니다.

양키즈 중계진의 주문 속에 아담 앤더슨이 조심스럽게 방망이를 들어 올렸다.

그러자 1루 주자 베리 가멜이 슬금슬금 리드를 넓히며 댈런 카이클을 자극했다.

'보나 마나 번트겠지.'

댈런 카이클은 양키즈 더그아웃의 작전을 간파했다.

이 상황에서 타격이 부정확한 아담 앤더슨에게 진루타를 기대하는 건 무모한 짓이었다.

그보다는 일단 베리 가멜을 2루로 출루시킨 이후에 대타 작전을 쓰는 편이 훨씬 나아 보였다.

물론 댈런 카이클은 아담 앤더슨에게 쉽게 번트를 대줄 마음이 없었다.

'어디 자신 있으면 대봐라!'

댈런 카이클이 아담 앤더슨의 몸 쪽을 향해 힘껏 공을 내던졌다.

그와 동시에 3루수 놀란 몬타나가 앞으로 대쉬해 들어왔다.

루키인 아담 앤더슨을 압박해 번트 미스를 유도하려는 계산이었다.

"헉!"

놀란 몬타나가 무섭게 달려들자 아담 앤더슨이 화들짝 놀라며 방망이를 빼려 했다.

그런데 그 과정에서 방망이 끝에 공이 걸려 버렸다.

그리고 높게 치솟은 타구가 3루수 놀란 몬타나의 키를 살짝 넘겨 버렸다.

"어디야!"

타구를 놓친 놀란 몬타나가 주변을 두리번거렸다.

그사이 유격수 카를로스 코어가 달려와 흐르는 공을 손으로 움켜쥐었지만, 그때는 이미 베리 가멜은 물론 아담 앤더슨까지 베이스를 밟은 상태였다.

"젠장할!"

댈런 카이클이 신경질적으로 욕지거리를 내뱉었다.

설마하니 몸 쪽으로 바짝 붙여넣은 싱커가 저렇게 내야 안타로 변할 줄은 상상조차 하지 못했다.

"괜찮아. 잘 던지고 있으니까 주자들은 신경 쓰지 말라고."

애스트로스 BJ 힌치 감독이 재빨리 마운드에 올라가 댈런 카이클의 어깨를 두드렸다.

만약에 대비해 불펜에 신호를 주긴 했지만, 교체는 생각하지도 않았다.

지금까지 댈런 카이클의 투구 수는 고작 71구.

지난 시즌 평균 투구 수가 104구인 걸 감안했을 때 33구나 여유가 있었다.

100구로 놓고 잡아도 9회까지는 충분히 버텨줄 수 있을 거라 여겼다.

하지만 댈런 카이클은 BJ 힌치 감독의 위로가 귀에 들어오지 않았다.

애스트로스 쪽에서 먼저 불펜을 가동했다는 사실만으로도 한정훈과의 맞대결에서 패배한 듯한 더러운 기분이 든 것이다.

"빌어먹을."

댈런 카이클의 날선 시선이 또다시 한정훈에게 향했다.

새로 들어왔다는 일본인 투수와 이야기를 주고받는 한정훈의 입가로 묘하게 미소 같은 게 걸려 있었다.

그 미소가 꼭 자신을 향한 비웃음처럼 느껴졌다.

"날 이겼다고 생각하나 본데 어림없다."

댈런 카이클이 질근 입술을 깨물었다.

그사이 9번 타자 매스 윌리암스가 타석에 들어왔다.

매스 윌리암스는 평소와 달리 방망이를 짧게 움켜쥐고 있었다.

말은 하지 않았지만 양키즈 더그아웃에서 또다시 번트 사인이 나온 게 틀림없어 보였다.

"댈런 카이클에게 번트를 대는 게 쉽지 않다는 걸 제대로 가르쳐 주지."

포수 알퍼드 곤잘레스가 짧게 코웃음을 쳤다.

그리고는 일부러 매스 윌리암스의 몸 쪽을 파고드는 각이 큰 슬라이더를 요구했다.

자세를 낮춘 매스 윌리암스가 얼굴 쪽으로 날아드는 것 같은 공에 지레 겁을 먹고 방망이를 빼도록 만들 생각이었다.

하지만 살짝 흥분한 상태에서 내던진 댈런 카이클의 공은 몸 쪽이 아니라 한복판 쪽으로 제구가 되어버렸다.

따악!

매트 윌리암스가 기다렸다는 듯이 방망이를 내밀었다.

방망이 끝부분에 걸린 타구는 회전을 먹은 채로 댈런 카이클에게 천천히 굴러갔다.

댈런 카이클이 다급히 움직여 공을 잡았지만 양키즈 주자들의 움직임이 너무나 훌륭했다.

"3루! 아니, 1루!"

3루 주자의 움직임을 살피던 알퍼드 곤잘레스가 1루 쪽으로 손을 뻗었다.

3루 쪽으로 공을 내던지려던 댈런 카이클도 어쩔 수 없이 타자 주자인 매스 윌리암스를 잡아내는 것으로 선택을 바꿔야 했다.

"좋았어!"

"바로 그거야!"

매스 윌리암스가 희생 번트를 성공시키면서 무사 1, 2루가 1사 2, 3루로 변하자 양키즈 팬들이 손뼉을 치며 좋아했다.

저 오만한 댈런 카이클을 상대로 결승점을 뽑아낼 시간이 왔다며 흥분을 감추지 못했다.

하지만 그 분위기도 오래가지 못했다.

따악!

비비 그레고리우스가 힘껏 잡아당긴 초구가 하필이면 3루수 놀란 몬타나의 정면으로 향한 것이다.

타구가 워낙 빨라 3루 주자 베리 가멜은 3루에서 꼼짝도 하지 못했다.

2루 주자 아담 앤더슨도 마찬가지.

타구가 놀란 몬타나의 글러브 속에 들어가자 기겁을 하며 2루 베이스로 다급히 몸을 날려야 했다.

1사 2, 3루 상황이 2사 2, 3루로 변하자 양키즈 팬들은 허탈함을 감추지 못했다.

"젠장! 그걸 왜 치는 거야!"

"멍청한 녀석! 댈런 카이클이 좋은 공을 던져 줬을 리가 없잖아!"

마지막 아웃 카운트를 남기고 로비 레프스나이더가 타석에 들어서자 양키즈 팬들은 머리를 감싸 쥐었다.

득점권에서는 이렇다 할 활약을 펼치지 못한 로비 레프스나이더가 타석에 들어섰으니 득점은 물 건너갔다고 여긴 것이다.

일부 팬들은 이런 상황에서 대타를 쓰지 않는 조지 지라디 감독을 욕하기까지 했다.

하지만 정작 로비 레프스나이더는 댈런 카이클과 풀카운트 승부를 펼친 끝에 사사구를 얻어내는 기염을 토해냈다.

댈런 카이클이 초구와 2구째 내던진 유인구를 참아낸 게 결정적이었다.

2사 만루.

그나마 믿을 만한 3번 타자 스탈린 카이스트로가 방망이를 들고 나오자 양키즈 스타디움은 다시 끓어올랐다.

-스탈린 카이스트로. 양키즈의 3번 타자로서 뭔가를 보여줘야 할 시점이 왔습니다.

-오늘 경기 아직 안타가 없지만 찬스에 강한 타자인 만큼 좋은 결과를 내줄 것이라 기대합니다.

양키즈 중계석은 기대감을 감추지 못했다.

스탈린 카이스트로가 댈런 카이클을 상대로 이렇다 할 재미를 보지 못한 건 사실이지만 주자 만루 상황에서라면 뭔가 반전을 만들어내 줄 것이라고 여겼다.

반면 애스트로스 중계석은 댈런 카이클이 침착하게 승부를 펼친다면 실점 없이 이닝을 막아낼 것이라고 전망했다.

앞선 세 타석에서 스탈린 카이스트로가 전부 범타에 그쳤던 만큼 이변이 일어날 확률은 낮다고 단언했다.

"으으, 난 이런 상황이 제일 싫더라."

그라운드를 지켜보던 하리모토 쇼타가 몸서리를 쳤다.

이번 승부로 오늘 경기의 승패가 결정된다고 생각하니 절로 부담감이 밀려드는 얼굴이었다.

한정훈은 대답 대신 피식 웃었다.

자신도 과거에는 하리모토 쇼타처럼 승부처를 잘 지켜보지 못했다.

특히나 자신이 마운드를 지켜야 하는 상황이면 애써 외면해 버렸다.

승부의 결과가 자신에게까지 영향을 미칠까 봐 겁이 난 것이다.

하지만 지금은 달랐다. 설사 타자들이 점수를 뽑아내지 못한다 해도 상관없었다.

다음 회, 그다음 회, 그리고 그다음 회.

자신에게 허락된 이닝을 꿋꿋이 막아내다 보면 언제고 기회는 다시 찾아올 것이라고 믿었다.

"잘 봐, 인마. 카이스트로가 한 방 때려줄 테니까."

한정훈이 장난스럽게 하리모토 쇼타의 옆구리를 쿡 하고 찔렀다.

바로 그 순간.

떠억!

스탈린 카이스트로의 방망이가 매섭게 휘돌았다.

그리고 높이 치솟은 타구가 내야를 넘기고 중견수 쪽으로 떠올랐다.

"빌어먹을!"

스탈린 카이스트로의 장타력에 대비해 깊숙이 수비를 했던 제이크 메리스가 이를 악물며 타구를 잡기 위해 내달렸다.

하지만 스탈린 카이스트로가 거의 힘으로 밀어내다시피 한 타구는 제이크 메리스의 코앞에서 뚝 하고 떨어져 버렸다.

제이크 메리스가 바운드 된 공을 잡았을 때는 이미 3루 주자 베리 가멜이 여유롭게 홈을 밟은 뒤였다.

그리고 2루 주자였던 아담 앤더슨이 막 3루를 돌아 홈으로 내달리는 게 눈에 들어왔다.

"어딜!"

제이크 메리스가 홈을 향해 힘껏 공을 내던졌다.

그리고 그 송구가 곧장 포수 알퍼드 곤잘레스의 미트 속으로 파고들었다.

"비켜!"

"어림없다!"

홈 플레이트를 향해 몸을 날리던 아담 앤더슨과 알퍼드 곤잘레스가 한 덩어리가 되어 나뒹굴었다.

잔뜩 피어오른 먼지가 걷히자 아담 앤더슨의 손끝이 홈 플레이트에 닿은 게 보였다.

하지만 알퍼드 곤살레스는 자신의 태그가 더 빨랐다며 공을 쥔 미트를 들어 올렸다.

"아웃!"

구심은 주먹을 힘껏 허공에 휘둘렀다.

주루 타이밍상으로는 세이프였지만 아담 앤더슨이 홈 플레이트를 지키는 알퍼드 곤잘레스 때문에 슬라이딩을 주저하는 과정에서 판정이 뒤바뀌고 말았다.

조지 지라디 감독이 더그아웃에서 나와 알퍼드 곤잘레스가 홈 플레이트를 비켜주지 않았다고 항의했지만 구심이 인정하지 않았다.

처음부터 홈 플레이트를 가로막은 게 아니라 송구를 잡는 과정에서 자연스럽게 플레이가 이어진 것이라고 판단한 것이다.

"젠장! 저 녀석이 홈 플레이트를 몸으로 막아버렸다고!"

아담 앤더슨은 더그아웃에 돌아와서도 흥분을 감추지 못했다.

홈 충돌 방지 규정이 명백한데도 불구하고 알퍼드 곤잘레스가 신인인 자신을 엿 먹이기 위해 일부러 홈 플레이트를 가로막았다며 억울해했다.

"괜찮아. 잘했어, 루키."

"너무 신경 쓰지 마! 아까 네가 댄 번트는 환상적이었다고!"

양키즈 선수들이 다가와 아담 앤더슨을 위로했다.

그러나 아담 앤더슨이 정작 위로받고 싶은 상대는 따로 있었다.

프로텍트를 몸에 끼면서도 아담 앤더슨은 연신 한정훈을 힐끔거렸다.

한정훈이 혹시라도 자신의 굼뜬 플레이에 화가 나지는 않았을까 걱정이 된 것이다.

그러나 한정훈은 아담 앤더슨이 홈에서 죽었다는 사실을 전혀 신경 쓰지 않았다.

"어디 다친 데는 없어?"

"응, 없어."

"그럼 빨리빨리 서둘러. 우리의 손으로 오늘 경기를 끝낼 시점이 왔다고."

한정훈은 어쭙잖은 위로는 하지 않았다.

대신 배터리로서 힘을 합쳐 애스트로스를 무너뜨리자며 독려했다.

"알았어. 잠깐만 기다려!"

아담 앤더슨은 서둘러 포수 장비를 착용했다. 그리고 한정훈과 함께 당당히 더그아웃을 나섰다.

"아담! 기죽지 마! 넌 오늘 최고라고!"

"아다아아암! 이 자식! 내가 너 잘될 줄 알았다!"

아담 앤더슨이 보이자 양키즈 팬들이 기다렸다는 듯이 환호성을 내질렀다.

아담 앤더슨은 호르에 포사다와 브라이언 마칸 같은 든든한 포수를 원하는 양키즈 팬들이 오랫동안 기다려 온 유망주였다.

알퍼드 곤잘레스의 노련한 플레이에 당했다는 이유로 기가 죽는 걸 원치 않았다.

"정훈! 들었어? 팬들이 나를 응원한다고!"

뒤늦게 자신의 응원 소리를 들은 아담 앤더슨이 어쩔 줄을 몰라 했다.

설마하니 멍청한 실수를 저지른 자신의 이름을 팬들이 이토록 연호해 줄 것이라고는 생각지도 못한 반응이었다.

그러자 한정훈이 글러브로 아담 앤더슨의 헬멧을 툭 하고 때렸다.

"정신 차려. 경기 아직 안 끝났다."

"어? 어. 알았어."

"오늘 경기는 너와 나의 역사적인 데뷔전이 될 거야. 즐기는 건 그다음에 해도 늦지 않아."

한정훈이 한국어로 중얼거렸다.

그런데 용케도 아담 앤더슨은 그 말을 알아들었다.

한정훈의 강렬한 눈빛만으로도 그가 무엇을 원하는지 읽혔기 때문이다.

"정훈! 맘껏 던져! 무엇이든 다 받아낼 테니까."

포수석으로 돌아간 아담 앤더슨이 미트를 힘껏 두드렸다.

팡! 팡!

요란한 미트 소리가 9번 타자 놀란 몬타나를 자극했다.

"이 루키 자식들이!"

놀란 몬타나가 입술을 질근 깨물었다.

승패를 떠나 메이저리그에 갓 데뷔한 루키 배터리에게 메이저리그의 무서움을 알려주기 위해서라도 이번 타석만큼은 뭔가를 보여주리라 마음먹었다.

그러나 한국에서 경기를 지켜보고 있는 한정훈의 팬들은 경기는 끝났다며 느긋한 표정이었다.

"9회면 뭐 경기 끝났네."

"그러게. 한정훈이 9회에 털리는 건 기적 같은 일이니까."

"그래도 애스트로스 애들은 기대하고 있겠지?"

"애스트로스뿐이냐? 한정훈 경기 때마다 다른 팀의 모든 팬이 기대했지. 그러다 절망했고."

한국 팬들의 기대 속에 한정훈이 있는 힘껏 초구를 내던졌다.

퍼엉!

요란한 포구음이 양키즈 스타디움을 쩌렁하게 울렸다.

뒤이어 전광판에 믿기 어려운 숫자가 찍혔다.

104mile/h(167.3km/h)

오늘 경기 최고 구속을 9회, 95구째 공을 던지며 기록한 것이다.

"와우."

더그아웃에서 천천히 몸을 풀던 양키즈의 마무리투수 아롤디르 채프먼이 혀를 내둘렀다.

그리고는 손에 끼고 있던 글러브를 벤치에 내던졌다.

"뭐야, 몸 안 풀 거야?"

불펜 포수가 저만치서 소리쳤지만 아롤디르 채프먼의 시선은 마운드에서 꿈쩍을 하지 않았다.

그렇게 한정훈이 애스트로스의 세 타자를 윽박지르며 경기를 끝마치는 걸 지켜본 뒤에야 가빠진 숨을 내쉬었다.

"한정훈, 세이브 기회가 없어도 좋으니까 오래오래 선발로만 뛰어줘. 알았지?"

양키즈 팬들이 쏟아낸 함성 속에서 아롤디르 채프먼이 혼잣말처럼 중얼거렸다.

시즌 첫 세이브 기회가 날아가긴 했지만, 그의 얼굴은 처음 핀 스트라이프를 입었던 그 날처럼 진한 흥분으로 달아올라 있었다.

애스트로스 vs 양키즈 시즌 1차전.

승자는 양키즈였다.

74장
고독한 선장(1)

[양키즈 한정훈, 애스트로스 상대로 1피안타 완봉승 기록!]

[코리안 쇼크 한정훈! 데뷔전 18K, 오타니 쇼헤 넘어서!]

경기가 끝나기가 무섭게 미국 전역으로 한정훈의 호투 소식이 전해졌다.

“정말 어마어마한 데뷔전이었습니다.”

“맞아요. 한정훈이 잘해낼 거라고 예상은 했지만, 이 정도로 잘해낼 줄은 생각지도 못했습니다.”

“애스트로스 타선이 결코 만만치 않았을 텐데요. 피안타를 고작 하나밖에 허용하지 않았습니다.”

“그것도 스탈린 카이스트로의 아쉬운 수비였죠.”

“하지만 스탈린 카이스트로를 비난하고 싶진 않습니다.

결정적인 순간에 1타점 적시타를 때려낸 것도 스탈린 카이스트로니까요."

"맞아요. 만약 8회 말에 스탈린 카이스트로가 해내지 못했다면 한정훈의 위대한 승리도 없었을 겁니다."

스포츠 채널에서는 돌렸다 하면 한정훈에 관한 이야기들을 쏟아냈다.

애스트로스가 한정훈에 대한 대처가 부족했다는 지적을 하는 곳도 있었고 한정훈이 제법 운이 따랐다는 이야기를 하는 곳도 있었지만, 역사적으로 손에 꼽힐 만한 데뷔전이었다는 사실에는 이견이 없었다.

오죽했으면 휴스턴 언론에서조차 한정훈의 호투를 높이 평가할 정도였다.

손에 땀을 쥐며 경기를 지켜본 양키즈 팬들도 자신들이 느꼈던 흥분과 감동을 인터넷상에 쏟아냈다.

ㄴ봤어? 봤냐고! 이게 바로 코리안 쇼크라고!

ㄴ한정훈이 혹독한 데뷔전을 치를 거라고 지껄이던 놈들 어디 갔냐? 어디 뭐라고 말 좀 해보시지?

ㄴ고작 한 경기일 뿐이라고 말하는 사람들이 분명 있을 거야. 하지만 이것 하나만은 알아두라고. 한정훈도 이제 시작일 뿐이라는걸. 메이저리그에 적응하면 더 엄청나질 거라는걸!

ㄴ와, 진짜 미치겠다. 한정훈이 올 시즌 엄청난 기록들을 세울 거라 생각하니까 밤에 잠을 못 자겠어.

ㄴ언론에서도 사이영상 후보들 간의 맞대결이라고 말했잖아. 무슨 말이 더 필요해? 한정훈은 데뷔와 동시에 사이영상 후보가 됐다고. 메이저리그 역사상 이런 투수가 몇이나 되겠어?

ㄴ두고 봐! 올 시즌 아메리칸리그 사이영상은 한정훈이 차지할 테니까!

양키즈 구단 홈페이지에서 진행된 MVP 투표에서도 한정훈은 무려 98.7%라는 경이적인 득표를 받았다.

이제 막 메이저리그에 데뷔한 루키를 상대로는 흔치 않은 몰표였지만 양키즈 팬들은 당연하다는 반응이었다.

한정훈과 함께 배터리를 이룬 아담 앤더슨이 0.8%로 2위, 결승타를 친 스탈린 카이스트로는 0.4%로 3위에 그쳤다.

준수한 활약에 비한다면 치욕스러운 결과였지만 아담 앤더슨과 스탈린 카이스트로는 조금도 서운해하지 않았다.

오히려 언론과의 인터뷰에서 한정훈 덕분에 이겼다며 모든 공을 한정훈에게 돌렸다.

온라인에서뿐만 아니라 오프라인에서도 양키즈 팬들은 모였다 하면 한정훈 이야기를 꺼냈다.

그리고 그의 피칭을 극찬하며 기뻐했다.

"난 솔직히 3억 5천만 달러는 지나치다고 생각했거든."
"뭐?"
"흥분하지 말고 들어. 내 이야기 아직 안 끝났다고."
"네가 무슨 소릴 하려는 건지 짐작은 가는데 솔직히 기분 나쁜데? 한정훈이 그 정도도 안 된다고 여겼던 거야?"
"하하. 그래, 내가 잘못했다. 내 생각이 짧았어."
"그런 의미에서 오늘 술은 네가 사는 거야. 이의 없지?"
"그럼! 한정훈이 앞으로도 계속 이렇게만 던져 준다면 오늘뿐이겠어?"
"크하하! 듣던 중 반가운 소리다!"
뉴욕 곳곳에서 양키즈 팬들의 술 파티가 열렸다.
그리고 그 술 파티는 양키즈 구단 사무실로까지 이어졌다.
"크으으! 내가 뭐랬어요? 한정훈은 알아서 잘할 테니까 걱정하지 말라고 했죠?"
얼음만 남은 글라스를 내려놓으며 앤디 패티스가 목소리를 높였다.
취기로 인해 얼굴은 벌겋게 달아올랐지만, 그의 두 눈은 반짝반짝 빛이 났다.
마치 이 순간을 영원토록 기억하기라도 하려는 것처럼 말이다.
"그래, 그래. 자네 말이 맞아."
브라이언 캐시 단장도 웃으며 앤디 패티스의 빈 글라스에

술을 따라 주었다.

다른 때 같았다면 앤디 패티스와 밤늦게까지 술잔을 기울이지는 않았겠지만, 오늘만은 예외였다.

한정훈의 첫 승, 그리고 양키즈의 개막전 승리는 브라이언 캐시 단장에게 1승 이상의 의미가 있었다.

브라이언 캐시 단장은 양키즈 구단 내에서 한정훈 영입을 적극적으로 주도한 당사자였다.

그리고 최종 협상에 대비해 3억 5천만 달러라는 상한선을 결정한 책임자이기도 했다.

한정훈이 핀 스트라이프를 입게 됐을 때 하인 스타인브리너 구단주를 비롯한 대다수의 양키즈 구단 관계자는 만족감을 드러냈다.

하지만 일부 직원은 다저스보다 2천 5백만 달러나 많은 금액을 써냈다는 점에 대해서 불만을 드러냈다.

최종 협상 막판까지 한정훈의 마음이 다저스 쪽으로 기울었다는 사실을 감안한다면 충분히 해볼 만한 도박이었지만 모든 구단 관계자가 한정훈 영입의 비하인드 스토리를 자세히 아는 건 아니었다.

특히나 구단 내 브라이언 캐시 단장을 견제하는 세력들은 한정훈의 개막전 결과를 지켜보겠다는 입장을 고수했다.

개막전부터 한정훈이 조금이라도 삐끗하는 모습을 보인다면 그 즉시 브라이언 캐시 단장을 쥐고 흔들겠다는 계산이었다.

게다가 애스트로스가 당초 예상과는 달리 댈런 카이클을 선발로 내세우면서 브라이언 캐시 단장을 초조하게 만들었다.

이런 상황에서 정말로 한정훈이 기대 이하의 피칭을 선보였다면 지금쯤 브라이언 캐시 단장은 홀로 독한 술을 들이켜고 있었을 것이다.

"오늘…… 이길 수 있을까?"

경기 시작 전, 부담감을 이기지 못하고 내뱉은 브라이언 캐시 단장의 한마디에 단장실이 싸늘하게 얼어붙어 버렸다.

야구공은 둥글고 승패는 누구도 장담할 수 없으니 한번 해 본 소리일 수도 있겠지만 듣는 이에 따라서는 브라이언 캐시 단장이 한정훈의 영입을 후회하는 것처럼 비칠 수도 있었다.

바로 그때 앤디 패티스가 우스갯소리로 상황을 무마시켰다.

그러면서 자연스럽게 1천 달러짜리 내기 판을 벌였다.

앤디 패티스를 비롯해 에릭 지터와 대부분의 구단 직원은 한정훈이 이긴다는 쪽에 돈을 걸었다.

그리고 브라이언 캐시 단장은 불길한 말을 내뱉은 책임을 지고 진다는 쪽에 돈을 걸었다.

결과적으로 내기에서 지며 1천 달러를 날리게 됐지만, 브라이언 캐시 단장은 그 돈이 조금도 아깝지가 않았다.

오히려 지갑에 남은 돈을 탈탈 털어내기에서 이긴 구단 직원들에게 건네주며 자신의 눈치를 볼 것 없이 따로 즐기라는 포상까지 주었다.

만약 그때 앤디 패티스가 자리에 없었다면, 아니, 자연스럽게 농담으로 받아쳐 주지 않았다면 어땠을까.

한정훈의 승리 앞에서 지금처럼 즐겁게 취하지는 못했을 것이다.

그래서 브라이언 캐시 단장은 앤디 패티스가 고마웠다.

아직 단장 보좌역으로서 제 임무를 다하지는 못하고 있지만 즐거운 분위기를 만들어낸다는 점만으로도 충분히 합격점을 주고 싶었다.

"크흐흐흐. 단장님, 오늘은 코가 삐뚤어지도록 마시는 겁니다!"

"좋지, 좋아. 오늘 마시고 죽자고!"

"까짓것 집사람한테 바가지 좀 긁히면 어때요. 안 그렇습니까?"

"그럼! 연말에 구단주에게 보너스 두둑하게 뜯어내서 안겨준다고 하면 꿀물을 타다 줄걸?"

브라이언 캐시 단장과 앤디 패티스는 주거니 받거니 하며 고가의 양주를 빠르게 비워냈다.

반면 에릭 지터는 좀처럼 그 분위기에 합류하지 못하고 있었다.

"뭐야, 에릭. 적당히 좀 해. 너 때문에 분위기가 엉망이 되고 있잖아!"

보다 못한 앤디 패티스가 에릭 지터가 들고 있던 종이 뭉치 쪽으로 손을 뻗었다.

그러자 에릭 지터기 이맛살을 찌푸리며 종이 뭉치를 옆구리 쪽으로 내려놓았다.

"대체 뭘 보는 거야?"

"넌 봐도 모르니까 술이나 마셔."

"젠장! 저놈의 잘난 척은 선수 때나 지금이나 달라지질 않는군."

"너야말로 적당히 좀 마셔. 고작 1승에 호들갑 떨지 말고."

에릭 지터가 마지못해 술자리에 합류하면서 분위기는 다시 화기애애하게 변했다.

그 과정에서 에릭 지터가 심각하게 보고 있던 종이 뭉치는 잠시 잊힌 존재가 되고 말았다.

그 종이 뭉치가 다시 수면 위로 떠오른 건 술에 취해 뻗어버렸던 브라이언 캐시 단장이 목이 말라 눈을 뜬 다음이었다.

"이게…… 뭐야?"

미지근한 물을 들이켜고 반쯤 정신이 든 브라이언 캐시 단장이 발치에 걸린 종이 뭉치를 집어 들었다.

거칠게 구겨진 종이 뭉치 첫 면에는 타선 강화 계획이라는 단어가 새겨져 있었다.

"타선 강화?"

브라이언 캐시 단장이 책상으로 돌아가 스탠드를 켰다.

순간 앤디 패티스의 입에서 앓는 소리가 흘러나오고 에릭 지터가 몸을 뒤척였지만, 다행히도 깨는 사람은 없었다.

"흠……."

브라이언 캐시 단장은 천천히 보고서의 내용을 살폈다.

에릭 지터의 지시로 구단 직원들이 작성한 것으로 보이는 보고서에는 다양한 방법의 타선 강화 방법이 제시되어 있었다.

그중에서 가장 눈에 들어온 건 역시나 트레이드였다.

시즌이 시작된 이상 트레이드야말로 단시간에 전력을 강화할 수 있는 가장 확실한 방법이었다.

그런데 보고서에는 트레이드의 제1 대상자로 예상 밖의 이름을 올렸다.

"다나카라."

브라이언 캐시 단장이 나직이 중얼거렸다.

다나카 마스히로.

바로 지난 시즌까지 양키즈의 에이스로 활약했던 다나카 마스히로를 매물로 내놓아야 한다는 의견이 나왔다는 것 자체가 솔직히 놀랍기만 했다.

물론 구단의 실익만을 놓고 고민하는 직원들의 입장에서

야 충분히 그럴 수 있었다.

다나카 마스히로가 여전히 양키즈의 에이스라면 헛소리라 웃어넘겼겠지만, 한정훈이라는 확실한 대안과 하리모토 쇼타라는 조커까지 확보한 상황에서 30대 중반으로 접어드는 다나카 마스히로의 필요성이 줄어든 건 사실이었다.

다행히 재작년 말 두 번째 FA 계약을 맺으며 다나카 마스히로는 트레이드 거부권을 요구하지 않았다.

적지 않은 나이에도 불구하고 무려 6년 계약을 제시한 양키즈 구단에 대한 고마움의 표시였다.

계약상 양키즈 구단에서 마음만 먹으면 다나카 마스히로를 트레이드 시장에 내놓을 수는 있었다.

하지만 그건 지난 몇 년간 양키즈의 암흑기를 홀로 버텨준 에이스에 대한 예우가 아니었다.

"확실히 다나카 정도를 내놓아야 쓸 만한 선수를 데려올 수 있겠군."

보고 내용을 마저 살피던 브라이언 캐시 단장이 피식 웃었다.

보고서에는 다나카 마스히로를 시장에 내놓았을 때 영입이 가능한 선수 목록들이 나열되어 있었다.

그중에는 당장 양키즈의 중심 타선에 박아두고 싶은 타자들이 상당했다.

나이를 고려하지 않는다면 다른 팀의 4번 타자를 데려오는 것도 가능해 보였다.

하지만 브라이언 캐시 단장은 이내 유혹을 떨쳐 냈다.

다나카 마스히로가 당장 부진하다면 또 모르겠지만 지난 시즌까지 꾸준한 활약을 펼친 선수를 무작정 트레이드 시키는 건 자신의 구단 운영 철학에 맞지 않았다.

"에릭, 고민이 많은 건 알겠지만 조금 더 지켜보자고."

브라이언 캐시 단장이 보고서를 잘 펴서 에릭 지터의 옆자리에 내려놓았다.

그리고는 가방을 챙겨 들고 조심스럽게 사무실을 나섰다.

끼익. 철커덕.

반쯤 열렸던 문이 쇳소리를 내며 닫혔다. 순간 소파에 기대 잠을 자고 있던 에릭 지터가 눈을 떴다.

"후우……."

자리에서 일어난 에릭 지터가 미지근해진 술잔을 단숨에 들이켰다.

그것만으로는 성이 차지 않았던지 반쯤 비워진 술병을 벌컥벌컥 마셨다.

"끄윽……."

타들어 가는 기운이 목울대를 타고 넘어, 트림으로 터져 나오고서야 에릭 지터는 술병을 내려놓았다.

동시에 머리가 핑하고 돌았다.

조금 전까지 진탕 마셨던 취기가 한꺼번에 올라온 것이다.

"젠장할."

살짝 미간을 찌푸리던 에릭 지터가 이내 피식 웃고 말았다.

생각해 보면 빈약한 타선 때문에 골치가 아픈 것보다 취기로 머리가 지끈거리는 게 훨씬 속 편한 일이었다.

취기가 조금 가라앉자 에릭 지터는 다소곳이 놓인 보고서를 움켜쥐었다.

브라이언 캐시 단장이 잘 펴놓았던 보고서가 다시 와락 일그러졌지만, 에릭 지터는 신경 쓰지 않았다.

어차피 볼 사람은 전부 보았다.

보안상 폐기해야 할 문서이니 굳이 멀끔할 필요는 없었다.

그보다는 이 보고서를 보고도 상황의 심각성을 인지하지 못하고 있는 브라이언 캐시 단장이 야속하기만 했다.

"브라이언, 조금 더 지켜볼 만한 여유가 없다고요."

에릭 지터가 푸념하듯 중얼거렸다.

양키즈의 빈약한 타선을 생각하면 솔직히 취해 있는 것조차 사치처럼 느껴질 정도였다.

양키즈가 한정훈과 하리모토 쇼타를 영입하면서 대부분의 야구 관계자가 양키즈가 강해졌다고 말하고 있었다.

당연하게도 양키즈 관계자들과 팬들, 투자자들의 기대치도 높아진 상태였다.

일부 언론은 벌써부터 양키즈가 6년 만에 포스트 시즌에 진출할 것이라고 기대하기도 했다.

하지만 에릭 지터는 그런 낙관론에 조금도 동의할 수가 없었다.

야구는 점수를 뽑아야 이기는 경기다.

타자들이 점수를 뽑아주지 못한다면 투수들이 아무리 잘 던져도 이길 수가 없었다.

한정훈과 하리모토 쇼타, 다나카 마스히로로 이어지는 상위 선발은 아메리칸리그를 통틀어 첫 손에 꼽힐 정도로 강했다.

특히나 한정훈이 오늘 보여준 활약은 상상 이상이었다.

시종일관 어찌나 압도적인 공을 던지던지 마음 같아선 당장 핀 스트라이프를 입고 더그아웃으로 달려가고 싶을 정도였다.

하지만 오늘 경기에서 보여준 타자들의 경기력은 여전히 형편없었다.

에이스 투수를 상대로 빈타에 시달리는 징크스를 전혀 털어내지 못했다.

운 좋게 아담 앤더슨의 번트 타구가 안타가 되면서 득점에 성공하긴 했지만, 마운드에 서 있던 투수가 한정훈이 아니라 다른 투수였다면 승리를 장담하기 어려운 경기였다.

앤디 패티스와 브라이언 캐시 단장은 한정훈의 투구를 통해 희망을 봤다고 말했다.

그러나 에릭 지터는 타자들의 부진 속에서 절망을 느꼈다.

어쩌면 타자들이 투수들의 발목을 잡게 될 것 같다는 불안함에 빠져들었다.

그래서 큰마음 먹고 일부러 다나카 마스히로의 트레이드안이 담긴 보고서를 가지고 왔다.

그 보고서를 통해 브라이언 캐시 단장이 타선 보강의 시급함을 알아주길 바랐다.

그러나 애석하게도 브라이언 캐시 단장은 한정훈이 보여준 달콤한 꿈에 푹 빠져 있었다.

세상모르고 침을 흘리며 자는 앤디 패티스도 마찬가지.

한정훈이 양키즈를 다시 월드 시리즈 정상에 올려줄 것이라며 기대하고 있었다.

하지만 냉정하게 놓고 봤을 때 타선 보강이 없다면 제아무리 한정훈이 호투를 한다 하더라도 양키즈가 보스트 시즌에 진출할 가능성은 30%도 되지 않았다.

"다나카 마스히로가 어렵다면 유망주들이라도 내놓는 수밖에 없어."

에릭 지터가 단호한 얼굴로 자리에서 일어났다.

그 바람에 앤디 패티스가 깜짝 놀라 잠에서 깼지만 에릭 지터는 눈 하나 깜짝하지 않은 채로 방을 빠져나갔다.

"뭐, 뭐야? 다들 어디 간 거야?"

반쯤 풀린 눈으로 주변을 두리번거리던 앤디 패티스가 저만치 내려놓았던 핸드폰을 확인했다.

그러다 아직 해도 뜨지 않았다는 걸 확인하고는 신경질적으로 소파에 드러누웠다.

"경기 시작하려면 아직 멀었는데 왜들 난리야?"

앤디 패티스가 불만스럽게 투덜거렸다.

다 같이 밤새 술을 마시자고 해놓고선 자신만 빼놓고 사라져 버린 브라이언 캐시 단장과 에릭 지터가 얄밉기만 했다.

그러면서도 앤디 패티스는 애스트로스와의 2차전에 대한 걱정은 전혀 하지 않았다.

애스트로스의 선발은 2선발인 콜린 맥스.

댈런 카이클과 함께 애스트로스의 원투 펀치로 활약하고 있지만 양키즈를 상대로는 별다른 재미를 보지 못했다.

지난 3년간 1승 3패에 평균 자책점 4.25.

양키즈의 빈약한 타선으로도 가장 할 만한 상대였다.

콜린 맥스에 맞서는 양키즈의 선발은 다나카 마스히로.

시범 경기 동안 컨디션을 최대한 끌어올린 만큼 콜린 맥스를 상대로 충분히 좋은 경기를 펼쳐 줄 것이라 여겼다.

그렇게 다나카 마스히로가 2차전을 잡아주고 위닝 시리즈를 확보하게 된다면 부담 없이 하리모토 쇼타의 데뷔전을 지켜볼 수 있을 터였다.

"어차피 경기는 선수들이 하는데 뭘."

잠시 머릿속을 가득 채웠던 생각들을 서둘러 떨쳐 내며 앤디 패티스는 잠을 청했다.

그리고 브라이언 캐시 단장이 멀끔한 얼굴로 출근할 때까지 소파와 한 몸이 되어 버텼다.

“앤디, 오늘도 내기 어때? 이번에는 내가 이기는 쪽에 걸겠어.”

브라이언 캐시 단장이 아침 인사를 대신해 앤디 패티스에게 내기를 제안했다.

“맘대로 해요. 대신 100달러 내기입니다.”

앤디 패티스가 퉁퉁 부은 얼굴로 중얼거렸다.

어제 브라이언 캐시 단장의 주머니를 털었으니 오늘은 푼돈이나마 자신이 잃어줄 차례라고 여겼다.

정말로 내기에 이길 생각은 추호도 없었다.

그런데 애써 술을 깨고 관람한 2차전은 앤디 패트스의 기대와는 전혀 다른 양상으로 진행됐다.

“스트라이크, 아웃!”

1실점 완투패를 당한 댈런 카이클의 복수라도 하려는 듯 콜린 맥스는 초반부터 94mile/h(≒151.2km/h)의 포심 패스트볼을 앞세워 양키즈 타자들을 윽박질렀다.

전날 제구력을 앞세웠던 댈런 카이클에게 농락당했던 양키즈 타자들은 빠른 타이밍에 공격적으로 승부구를 던지는 콜린 맥스에게 좀처럼 적응하지 못했다.

오죽했으면 애스트로스 중계진에서 콜린 맥스와 양키즈

타자들 간의 천적 관계가 완벽하게 청산됐다고 선언할 정도였다.

반면 양키즈의 선발 다나카 마스히로는 경기 초반 카를로스 코어와 JJ 리드에게 백투백홈런을 허용하며 어제의 승기를 이어가지 못했다.

이후 7회까지 마운드를 버티며 7피안타 3실점, 6탈삼진으로 호투했지만 8회까지 무실점 피칭을 선보인 콜린 맥스와의 맞대결에서 완패하고 말았다.

주전 포수 제리 산체스가 9회 말 애스트로스의 마무리투수 케니 자일스의 100mile/h짜리 포심 패스트볼을 잡아당겨 담장을 넘기며 완봉패의 위기를 넘기긴 했지만, 경기는 결국 애스트로스의 3 대 1 승리로 끝이 났다.

시리즈 스코어 1승 1패.

시즌 첫 시리즈의 승자는 마지막 3차전에서 갈리게 됐다.

애스트로스의 선발투수는 랭스 맥컬리스.

최고 구속 97mile/h(≒156.1km/h)의 묵직한 포심 패스트볼을 자랑하는 애스트로스의 차기 에이스였다.

이에 맞서 양키즈는 하리모토 쇼타를 선발로 내세웠다.

야구 전문가들은 메이저리그 데뷔전을 치르는 하리모토 쇼타보다 애스트로스 선발진의 한 축을 꿰찬 랭스 맥컬리스의 손을 들어주었다.

구위 면에서는 최고 구속 100mile/h의 포심 패스트볼을 던지는 하리모토 쇼타가 조금 더 우위에 있었지만, 시범 경기 성적이나 경험 면에서는 랭스 맥컬리스가 한 수 위로 평가받고 있었다.

"한정훈, 네 기운 좀 나눠줘라."

경기 시작 전 하리모토 쇼타는 한정훈을 찾아왔다.

그리고 뜬금없이 승리의 기운을 나눠 달라며 떼를 썼다.

"긴장하지 말고 평소처럼 해. 넌 일본에서 67승을 따낸 투수라고."

한정훈이 하리모토 쇼타의 어깨를 두드리며 말했다.

우상처럼 여기던 다나카 마스히로가 패배하면서 하리모토 쇼타의 부담감이 더욱 커졌다는 걸 모르지는 않지만 지금 그가 해줄 수 있는 조언은 자신을 믿고 던지라는 말밖에 없었다.

일본 리그에서 4년간 67승을 거두었다는 건 분명 자부심을 가질 만한 성적이었다.

하지만 그 말을 한국 무대에서 4년간 115승을 거두며 리그를 지배한 한정훈에게 들으니 썩 칭찬처럼 느껴지지 않았다.

"그런 입에 발린 말은 필요 없으니까 부적 같은 거 있으면 줘봐."

"부적?"

"그래, 부적. 없어? 아니면 행운의 증표라던가."

"왜? 글러브라도 빌려줘?"

"오! 글러브! 내가 왜 그 생각을 못 했지?"

"이 멍청아, 난 오른손 투수고 넌 왼손 투수인데 무슨 수로 글러브를 끼겠다는 거야!"

"젠장, 그러면 그렇지. 네 녀석이 선선히 글러브를 빌려준다 했다."

하리모토 쇼타가 입술을 삐죽거렸다.

자신은 긴장이 되어 죽겠는데 여유가 넘치다 못해 자신을 가지고 노는 한정훈이 그저 얄밉기만 했다.

하지만 한정훈도 하리모토 쇼타의 호투를 진심으로 바라고 있었다.

애스트로스와의 3연전이 끝나면 아메리칸리그 최강의 화력을 자랑하는 타이거즈와의 원정 3연전을 치러야 하기 때문이었다.

타이거즈 원정 3연전에 출전할 양키즈의 선발 라인업은 루이스 로베이노-네이스 이볼디-한정훈 순서였다.

올 시즌 4, 5선발로 낙점된 루이스 로베이노와 네이스 이볼디가 빠른 공을 자랑하는 투수이긴 하지만 타이거즈 강타선을 상대로 승리를 장담할 정도는 아니었다.

반면 지난 몇 년간 신예들을 착실히 키워온 타이거즈의 마운드는 만만치 않았다.

최악의 경우 하리모토 쇼타가 오늘 경기에서 패배하고 루이스 로베이노와 네이스 이볼디까지 타이거즈전에서 무너진다면 양키즈는 시즌 초반부터 4연패로 몰리게 될 수 있었다.

한정훈은 가능하다면 친구인 하리모토 쇼타가 애스트로스 전에서 팬들에게 확실한 눈도장을 찍어주길 바랐다.

그렇게 된다면 루이스 로베이노와 네이스 이볼디의 부담감도 줄어들 것이라고 여겼다.

"걱정 말고 네 공을 던져. 그럼 이길 수 있을 거야."

한정훈이 다시 한번 하리모토 쇼타의 어깨를 두드렸다.

그 격려가 통한 것인지 하리모토 쇼타는 애스트로스 강타선을 상대로 6이닝 동안 7피안타 2사사구 2실점 9탈삼진을 기록하며 데뷔전부터 팬들의 기립박수를 받아냈다.

양키즈 타자들도 평소답지 않게 랭스 맥컬리스에게 홈런 두 방을 때려내며 하리모토 쇼타를 지원했다.

6회 말까지 점수는 4 대 2. 양키즈의 두 점 차 리드.

조지 지라디 감독은 7회부터 불펜을 가동하며 승부수를 던졌다.

7, 8회 2이닝을 계투로 버틴 뒤 9회 마무리투수 아롤디르 채프먼을 올리면 충분히 경기를 잡아낼 수 있을 것이라 여겼다.

그런데 7회 초 하리모토 쇼타에 이어 마운드에 오른 제이크 린드그렌이 불을 질러 버렸다.

투 아웃을 잘 잡아놓은 상태에서 1번 타자 호세 엘투베와 2번 타자 제이크 메리스에게 연속 안타를 허용하고 만 것이다.

제이크 린드그렌이 3번 타자 카를로스 코어까지 사사구로 내보내며 만루를 자초하자 조지 지라디 감독은 다급히 좌완 불펜 투수 제이슨 슈리브를 호출했다.

노련한 제이슨 슈리브라면 애스트로스의 어린 4번 타자 JJ 리드를 상대로 아웃 카운트를 잡아내 줄 것이라고 기대한 것이다.

하지만 결과는 정반대로 나왔다.

제대로 몸을 풀 시간조차 없었던 제이슨 슈리브가 초구에 내던진 체인지업이 밋밋하게 들어가고 그걸 JJ 리드가 그대로 잡아당겨 담장을 넘기면서 경기는 완전히 애스트로스 쪽으로 기울어버렸다.

이후로도 애스트로스는 8회와 9회 한 점씩을 더 뽑아내며 양키즈의 불펜진을 괴롭혔다.

오랜만에 불이 붙었던 양키즈 타자들도 9회 말 3점을 따라붙긴 했지만, 애스트로스의 마무리투수 케니 자일즈에게 연속 삼진을 당하며 경기를 내주고 말았다.

최종 스코어 8 대 7.

애스트로스 승리.

시리즈 스코어 역시 2승 1패로 애스트로스가 위닝 시리즈를 가져갔다.

경기가 끝난 후 언론과의 인터뷰에서 조지 지라디 감독은 선수 기용에 문제가 있었음을 시인했다.

아울러 선수들과 합심해 타이거즈전에서 꼭 좋은 모습을 보여주겠다고 다짐했다.

경기 결과와는 별도로 준수한 데뷔전을 치른 하리모토 쇼타에 대한 칭찬도 이어졌다.

일본 기자들도 하리모토 쇼타에게 몰려들어 정신없이 플래시를 터뜨려 댔다.

"한정훈 선수, 하리모토 쇼타 선수의 데뷔전을 지켜본 소감이 어떻습니까?"

"하리모토 쇼타 선수의 오늘 피칭에 대해 한마디 해주세요."

짓궂은 일본 기자들은 한정훈에게 다가와 하리모토 쇼타에 대한 평을 요구했다.

친구이자 라이벌, 그리고 양키즈의 에이스로서 하리모토 쇼타에 대해 좋은 평을 남겨주길 기대했다.

그러나 팀이 역전패를 당한 상황에서 기자들과 쓸데없이 노닥거릴 수는 없는 노릇이었다.

"쇼타는 오늘 좋은 공을 던졌습니다."

한정훈은 짧게 대답하고 자리를 피했다.

일본 기자들에 이어 한국 기자들까지 한정훈의 뒤를 쫓았지만 더 이상의 인터뷰는 이루어지지 않았다.

"아무튼 까칠하다니까."

"한정훈이 저러는 거 하루 이틀이야?"

한국 기자들의 얼굴이 절로 불만스럽게 변했다.

기자들을 멀리하는 한정훈의 태도가 메이저리그에 오면 좀 변할까 싶었는데 오히려 예전보다도 더 찬 바람이 부는 기분이었다.

"저 자식, 저러다 큰코다치지."

"내 말이. 어린 게 아주 안하무인이라니까?"

"우리가 너무 오냐오냐 띄워준 거지 뭐."

"하아, 그러게 내가 저 싸가지를 초장에 잡자고 했잖아!"

한국 기자들이 너 나 할 것 없이 한정훈을 씹어댔다.

몇몇 기자는 한국에 돌아가면 한정훈의 실체를 꼭 폭로하겠다고 열을 냈다.

하지만 그것도 잠시.

"이봐, 당신들 한국 기자야?"

"그런데?"

"괜찮으면 우리한테 한정훈에 대한 이야기를 좀 들려줘. 술 한잔 살게."

"그럼 그럴까?"

한국어를 들은 다른 기자들이 몰려들자 한국 기자들은 언제 그랬냐는 것처럼 한정훈에 대한 칭찬 모드로 돌아섰다.

다음 날, 양키즈 언론들은 한정훈에 관한 다양한 기사를 쏟아내며 연패의 충격에 빠진 양키즈 팬들을 달래주었다.

양키즈 팬들도 조지 지라디 감독의 씁쓸한 인터뷰보다 한정훈과 관련한 기사들을 먼저 챙겨 보았다.

최소 5년간 양키즈의 에이스로 활약해 줄 한정훈에 대해서 하나라도 더 기억하려고 노력했다.

그러나 양키즈가 타이거즈와의 원정 1, 2차전에서 내리 패하며 1승 4패로 아메리칸리그 동부 지구 최하위로 추락하자 극성맞은 양키즈 언론도 더는 참지 못했다.

[충격 4연패! 양키즈, 무엇이 문제인가!]

[개막 후 5경기에서 고작 10득점. 타자들 집단 부진에서 헤어 나오지 못해.]

[한정훈과 하리모토 쇼타를 영입했는데도 아직도 리빌딩 중?]

[리더십의 부재가 양키즈 호를 절망의 바다로 이끌고 있다.]

양키즈 언론의 자극적인 기사에 양키즈 선수단의 분위기는 급격히 가라앉았다.

특히나 타자들은 언론의 노골적인 질타에 이맛살을 찌푸렸다.

시즌이 시작된 지 고작 5경기밖에 지나지 않았는데 자신들을 쓸모없는 선수 취급하는 언론의 행패가 마음에 들 리 없었다.

"환장하겠군."

클럽 하우스의 분위기를 전해 들은 조지 지라디 감독이 이맛살을 찌푸렸다.

"그러게나 말입니다. 왜 하필 오늘인지……."

로비 토마스 벤치 코치도 한숨을 내쉬었다.

연패를 끊기 위해 에이스인 한정훈이 출격하는 시점에서 선수단을 흔들어 댄 양키즈 언론의 태도가 이해가 되지 않았다.

양키즈 언론에서 불만을 꾹 참고 있었다면 오늘이 아니라 어제 터졌어야 옳았다.

타이거즈와의 첫 경기에서 루이스 로베이노는 3이닝 6실점을 하고 물러났다.

물이 오른 타이거즈 타자들을 상대로 지나치게 힘으로 승부하려 했던 게 문제였다.

선발투수가 초반에 무너지면서 양키즈 타자들도 힘을 쓰지 못했다.

최종 스코어 7 대 1.

충격의 대패를 당하며 3연패로 이어졌지만 의외로 양키즈 언론은 조용했다.

오히려 선발로 제 몫을 못한 루이스 로베이노를 두둔했다.

한정훈과 하리모토 쇼타의 영입으로 인해 위기감을 느낀 탓에 루이스 로베이노가 제 실력을 발휘하지 못한 것뿐이라며 혹평을 자제했다.

반면 어제 경기는 특별히 나무랄 게 없었다.

선발투수 네이스 이볼디가 6회까지 1실점으로 버티며 타이거즈 강타선을 막아냈다.

불펜이 8회 또다시 실점을 하며 경기를 내주긴 했지만, 최종 스코어 2 대 1이 말해주듯 경기 분위기는 비교적 팽팽했다.

그런데 어제 경기에서 패배하기가 무섭게 양키즈 언론들이 돌아섰다.

마치 양키즈가 4연패를 하길 기다리기라도 한 것처럼 말이다.

"분명 블랭키 톰슨, 그 인간 짓이야."

조지 지라디 감독은 양키즈 언론의 배후로 블랭키 톰슨 부사장을 지목했다.

오래전부터 양키즈를 손에 넣으려고 야욕을 부려왔던 블랭키 톰슨 부사장이 언론을 움직여 자신과 브라이언 캐시 단장을 압박하려는 것이라고 여겼다.

"그렇지 않아도 부사장이 알레스 로드리게스와 자주 만난다는 소문이 돌고 있습니다."

로비 토마스 코치가 한마디 거들었다.

알레스 로드리게스가 현역일 때부터 블랭키 톰슨 부사장과 각별한 관계이긴 했지만 은퇴한 선수와 빈번히 접촉할 만큼 양키즈 부사장이라는 자리는 한가하지 않았다.

"젠장, 조만간 단장을 한번 만나봐야겠어."

조지 지라디 감독이 입술을 질근 깨물었다.

랜디 레이빈 사장이 철저하게 중립을 지키는 상황에서 블랭키 톰슨 부사장의 견제를 막아줄 수 있는 건 브라이언 캐시 단장밖에 없었다.

"그러기 위해서는 일단 연패부터 끊어야 합니다."

로비 토마스 코치가 걱정스러운 표정으로 말했다.

조지 지라디 감독이 브라이언 캐시 단장과 만나 대책을 논의할 자리를 만들려면 오늘 경기부터 이기고 봐야 했다.

"후우……."

덩달아 조지 지라디 감독의 입에서 무거운 한숨이 흘러 나왔다.

오늘 타이거즈의 선발투수는 좌완 대런 노리스였다.

빼어난 제구력을 바탕으로 최고 구속 95mile/h(≒152.8km/h)의 패스트볼을 구사하는 타이거즈의 에이스였다.

지난 시즌 성적은 16승 11패, 평균 자책점 2.85

후반기 부진으로 아메리칸리그 사이영상 후보에서 아쉽게 탈락하긴 했지만, 구위만큼은 애스트로스의 댈런 카이클과 비교해도 손색이 없다는 평가가 많았다.

게다가 대부분의 에이스 투수가 그러하듯 대런 노리스도 양키즈에 강했다.

지난해 두 경기에 등판해 2승을 거두며 16개의 탈삼진까지 덤으로 챙겨갔다.

그러면서도 점수는 단 두 점밖에 내주지 않았다.

작년보다 더 노련해졌다는 평가를 받고 있는 대런 노리스를 상대로 초반부터 극심한 침체에 빠져 있는 양키즈 타자들이 몇 점이나 뽑아내 줄 수 있을지가 미지수였다.

그나마 다행인 건 양키즈의 선발투수가 한정훈이라는 점이다.

"한정훈의 컨디션은 어때?"

조지 지라디 감독이 화제를 돌렸다.

그러자 로비 토마스 코치가 언제 그랬냐는 듯 미소를 머금었다.

"좋습니다. 지난 경기에서 완투를 했는데도 별문제 없어 보입니다."

"그 한국에서 왔다는 여자 닥터가 솜씨가 좋은가 보지?"

"그렇지 않아도 양키즈 구단과 계약을 하지 않겠냐고 넌지시 이야기를 꺼내봤는데 퇴짜 맞았습니다."

"왜? 조건이 마음에 안 든다는 거야?"

"그것보다는 한정훈의 전담 닥터로 계약이 된 상태라고 합니다. 한정훈이 제법 대우를 잘해주는 것 같고요."

"하기야 한정훈 정도 되는 선수가 그런 곳에 돈을 아낄 리 없지."

조지 지라디 감독이 고개를 끄덕거렸다.

한정훈이 처음에 김미영을 전담 의사라고 데려왔을 때만 해도 크게 신뢰가 가지 않았던 게 사실이다.

구단 내부에서도 전담의치고는 지나치게 젊고 예쁜 김미영과 한정훈이 남녀 사이일 가능성이 높다는 뒷소문이 무성했다.

하지만 시범 경기부터 시작해 개막전까지 김미영이 한정훈의 몸 상태를 최상으로 만들어 놓으면서 감히 그 누구도 김미영의 실력을 의심하지 못했다.

오히려 하리모토 쇼타를 비롯한 다른 주전급 선수들이 별도로 김미영에게 관리를 받고 싶다는 의사를 드러낼 정도였다.

조지 지라디 감독도 구단 차원에서 김미영이 양키즈와 계약하길 희망했다.

김미영을 오랫동안 양키즈에 묶어둔다면 한정훈과의 계약 문제도 알아서 잘 풀릴 것이라 기대했다.

그러나 김미영은 돈보다는 한정훈과의 의리를 선택했다.

그 편이 자신이 오랫동안 준비해 온 논문을 완성시키는 데 도움이 된다고 판단한 것이다.

어쨌든 양키즈 입장에서 한정훈의 컨디션이 나쁘지 않다는 점은 호재였다.

걱정으로 가득했던 조지 지라디 감독의 얼굴에도 비로소 안도감이 번져 들었다.

하지만 한정훈의 컨디션이 좋다고 해서 오늘 승리를 장담할 수 있는 건 아니었다.

무엇보다 아직 고민해야 할 문제가 하나 더 남아 있었다.

"그런데 포수는 어떻게 할까요?"

로비 토마스 코치가 조심스럽게 물었다.

공교롭게도 그의 손에 들린 출전 선수 명단에는 8번 타자 자리만 공석으로 남은 상태였다.

"포수라……."

자연스럽게 조지 지라디 감독의 얼굴도 딱딱하게 굳어졌다.

누가 뭐래도 양키즈의 주전 포수는 제리 산체스였다.

연속 실책을 저질렀던 개막전과 경기 초반 점수가 크게 벌어진 타이거즈와의 1차전을 제외한 세 경기에서 제리 산체스는 경기가 끝날 때까지 포수석을 지켰다.

그리고 15타수 5안타 3타점이라는 준수한 타격 능력을 보여주었다.

반면 개막전에서 반짝 활약했던 아담 앤더슨은 이렇다 할 활약을 보여주지 못했다.

한정훈과 호흡을 맞추며 개막전을 승리로 이끌었다는 점은 높이 평가할 만했지만 7타수 1안타의 타격 성적이 문제였다.

특히나 타이거즈와의 1차전에서의 부진이 뼈아팠다.

아담 앤더슨이 득점권 상황에서 연속 삼진으로 물러나며 흐름을 끊은 게 대패의 원인이었다는 지적이 나돌 정도였다.

"흐음……."

조지 지라디 감독이 길게 신음했다.

만약 양키즈가 타이거즈전에서 한 경기라도 승리를 거두었다면 조지 지라디 감독은 주저 없이 아담 앤더슨을 선택했을 것이다.

타격 성적을 떠나 한정훈과의 호흡만 놓고 봤을 때 아담 앤더슨이 포수 마스크를 쓰는 편이 훨씬 나아 보였다.

하지만 4연패의 위기에 빠진 상황에서 주전 포수인 제리 산체스를 뺀다는 게 쉽지 않았다.

만에 하나 아담 앤더슨을 내보낸 상황에서 연패를 끊지 못하기라도 한다면 그 책임은 고스란히 자신에게 향할 터였다.

"안정적으로 가시죠."

조지 지라디 감독의 고심을 읽은 로비 토마스 코치가 자신의 의견을 내놓았다.

개막전 이후 제리 산체스는 명예 회복을 위해 고군분투해 왔다.

양키즈 언론에서도 도미니카 공화국 출신의 제리 산체스가 안정감이 떨어지는 건 사실이지만 주전 포수로서 한정훈과 다시 한번 호흡을 맞춰 볼 필요가 있다고 언급했다.

제리 산체스 역시 한 언론사와의 인터뷰에서 개막전에서

의 자신의 실수를 인정하며 한정훈에게 사과하고 싶다는 뜻을 분명히 했다.

정말로 사과를 했는지에 대해서는 확인되지 않았지만, 주전 포수를 바꿀 게 아니라면 제리 산체스로 밀고 나가는 게 순리라 여겼다.

"흐음……."

조지 지라디 감독이 다시금 신음을 흘렸다.

주전 포수로서 제리 산체스의 입장을 생각한다면 확실히 로비 토마스 코치의 조언을 따르는 편이 나아 보였다.

그러나 개막전 때 제리 산체스가 저질렀던 어처구니없는 실수들을 생각하면 마음이 흔들렸다.

더욱이 제리 산체스는 다른 투수들과 호흡을 맞췄을 때는 나쁘지 않은 투수 리드를 보여주었다.

오직 한정훈과 호흡을 맞출 때마다 문제를 일으키고 있는데 4연패로 몰린 위기 상황에서 또다시 한정훈-제리 산체스 조합으로 밀고 가는 건 부담스럽기만 했다.

언제 터질지 모르는 폭탄 같은 제리 산체스냐.

아니면 극과 극의 경기를 보여준 아담 샌더스냐.

한참을 고심하던 조지 지라디 감독이 로비 토마스 코치의 손에서 출전 명단을 받아 들었다.

그리고는 볼펜으로 직접 아담이라는 영문명을 적어 넣었다.

"아담 앤더슨도 잘해낼 겁니다."

로비 토마스 코치가 웃으며 말했다.

조지 지라디 감독의 부담을 덜어주기 위해 제리 산체스를 권하긴 했지만, 그 역시도 내심 아담 앤더슨 쪽으로 마음이 기울어 있었다.

한정훈이 메이저리그 데뷔 시즌을 보내는 상황에서 굳이 제리 산체스를 앉혀 부담을 줄 필요는 없었다.

그보다는 한두 점 포기하더라도 아담 앤더슨과 함께 시너지 효과를 내는 편이 낫다고 여겼다.

이 같은 결정이 코치들을 통해 해당 선수들에게 전해졌다.

"뭐요? 누가 선발이라고요?"

선발 출전 준비를 하고 있던 제리 산체스는 황당함을 감추지 못했다.

개막전이야 자신의 실수가 있으니 그렇다 치더라도 오늘 경기까지 결장이라니.

이건 아담 앤더슨을 한정훈의 전담 포수로 쓰겠다는 소리나 다름없었다.

"젠장할!"

제리 산체스가 대놓고 욕지거리를 내뱉었다.

차라리 경험 많은 브라이언 마칸이 포수 마스크를 쓴다면 그러려니 했을 것이다.

브라이언 마칸을 대신해 자신이 지명 타자로 출전할 가능성이 높은 만큼 그 정도는 얼마든지 받아들일 수 있었다.

하지만 풋내기에 불과한 아담 앤더슨에게 밀렸다는 건 참기 어려운 굴욕이었다.

더욱이 아담 앤더슨의 타격은 형편없는 수준이었다.

개막전에서 운 좋게 번트 안타를 만들어낸 이후로 단 하나도 제대로 된 타구를 때려내지 못했다.

그럼에도 불구하고 조지 지라디 감독이 자신이 아니라 아담 앤더슨을 선발 명단에 포함 시켰다는 건 결국 한정훈의 의사가 반영됐다는 이야기였다.

"건방진 자식! 돈만 많이 받으면 다야?"

제리 산체스가 신경질적으로 미트를 내던졌다.

그리고는 매서운 눈으로 아담 앤더슨을 노려봤다.

라이벌인 저스틴 로마인을 제치고 주전 포수로 낙점됐을 때 제리 산체스는 고생 끝 행복 시작이라고 여겼다.

개막 직전 저스틴 로마인이 25인 로스터에서 탈락하면서 제리 산체스는 주전 포수 경쟁이 끝났다고 여겼다.

또한, 자신이 나이를 먹고 기량이 쇠퇴하지 않는 한 주전 포수의 위치가 흔들리는 일은 없을 것이라고 확신했다.

그런데 개막전부터 그 기대감이 산산이 부서져 버렸다.

설마하니 자신이 메이저리그를 오르내릴 때 루키 리그에

서 공이나 줍던 아담 앤더슨이 자신의 경쟁자로 떠오를 것이라고는 상상조차 하지 못한 것이다.

'저 자식, 분명 한정훈에게 뒷돈을 준 게 틀림없어!'

제리 산체스의 두 눈에 살기가 어렸다.

그런 줄도 모르고 아담 앤더슨은 선발 출전 사실에 호들갑을 떠느라 정신이 없었다.

"정말이에요? 정말 제가 선발이에요?"

아담 앤더슨은 3루 베이스 코치를 붙잡고 몇 번이고 출전 사실을 되물었다.

그것으로도 모자라 지나가던 로비 토마스 벤치 코치에게 최종 확인까지 받았다.

그리고는 마이너리그에서 함께 올라왔던 다른 선수들을 부둥켜안고 기쁨을 나누었다.

그런 아담 앤더슨의 행동은 출전이 불발된 제리 산체스의 심기를 건드렸다.

"야! 너 지금 뭐하는 거야?"

"아, 이런. 산체스 선배, 미안해요."

"뭐가? 뭐가 미안한 건데?"

"그게…… 여러 가지로 미안합니다."

제리 산체스가 단단히 화가 났다는 사실을 알아챈 아담 앤더슨은 웃음으로 상황을 무마시키려 했다.

하지만 그러기에는 너무 늦어버렸다.

특히나 제리 산체스가 있는 줄도 모르고 '이대로 양키즈의 주전 포수가 되겠어'라고 외친 시점부터 대화로 해결될 가능성은 사라진 것이나 다음 없었다.

"이 자식이!"

감정이 폭발한 제리 산체스가 아담 앤더슨의 멱살을 잡아 비틀었다.

아담 앤더슨이 벗어나려 발버둥을 쳤지만 188㎝에 105㎏이나 나가는 제리 산체스의 손아귀에서 쉽게 빠져나오지 못했다.

"뭐야?"

"저 녀석들, 왜 저러고 있어?"

뒤늦게 소란을 듣고 선수들이 몰려들었다.

하지만 그들 중 누구도 두 사람을 말리려 하지 않았다.

한번 흥분하면 눈에 뵈는 게 없는 제리 산체스의 일에 나서봐야 좋을 게 없었기 때문이다.

"제리! 그만둬!"

"또 징계를 받고 싶은 거야?"

보다 못한 코치들이 나섰지만 제리 산체스는 흥분을 가라앉히지 못했다.

오히려 더욱 크게 분개했다. 아담 앤더슨이 항복을 선언하기는커녕 두 손으로 자신의 팔을 비틀었기 때문이다.

"다들 뭐하는 거야!"

"저러다 둘 다 다치겠어! 어서 뜯어 말리라고!"

코치들이 선수들을 향해 소리쳤다.

그제야 체격 좋은 몇몇 선수가 마지못한 얼굴로 제리 산체스와 아담 앤더슨에게 다가갔다.

그때였다.

"한심해서 못 봐주겠네."

저만치서 낯선 언어가 들려왔다.

뒤이어 스트레칭을 마친 한정훈이 무표정한 얼굴로 모습을 드러냈다.

"너 이 자식! 지금 뭐라고 했어! 내 욕했지?"

한정훈의 등장에 제리 산체스가 움켜쥐고 있던 아담 앤더슨을 내동댕이쳤다.

그리고는 한정훈을 향해 매서운 기세로 달려갔다.

"제리! 그만둬!"

"한정훈은 오늘 선발투수라고!"

제리 산체스의 돌발 행동에 코치들의 입에서 비명이 터져 나왔다.

다른 선수도 아니고 오늘 마운드에 오를 선발투수가, 그것도 3억 5천만 달러를 받고 입단한 선수가 이런 말도 안 되는 일로 부상을 당한다면 해당 선수들의 징계로 일이 끝나지는 않을 터였다.

"제리! 안 돼!"

"그만! 제발 그만 좀 해!"

다행히 제때 달려든 선수들이 제리 산체스를 뜯어말리며 최악의 상황은 막을 수 있었다.

하지만 그건 미봉책에 불과했다.

언제고 오늘 같은 일이 벌어지면 제리 산체스는 기다렸다는 듯이 한정훈에게 달려들 게 뻔했다.

"빌어먹을 녀석! 운 좋은 줄 알아!"

제리 산체스는 분을 삭이지 못하고 한참 동안이나 씩씩거렸다.

그런 제리 산체스를 붙드느라 덩치 큰 선수 셋이서 진땀을 빼내야 했다.

그사이 하리모토 쇼타와 다나카 마스히로가 나서서 한정훈을 떨어뜨리려 했다.

"정훈, 그만둬."

"여기서 흥분해 봐야 너만 손해라고."

하리모토 쇼타와 다나카 마스히로가 일본어로 한정훈을 달랬다.

마음을 가라앉히고 경기를 준비해야 할 선발투수가 이런 불미스러운 일에 휩쓸려 봐야 좋을 게 없다고 충고했다.

하지만 한정훈은 팀 케미스트리를 해치는 제리 산체스를 이대로 두고 볼 수가 없었다.

포수로서 자신에게만 시비를 걸었다면 그러려니 했겠지만

제 감정을 주체하지 못하고 아무에게나 보란 듯이 폭력을 행사하는 녀석이라면 더는 참을 이유가 없었다.

"다나카 선배, 잠깐만요."

"정훈! 진정 좀 하고……."

"저는 충분히 진정하고 있으니까 통역 좀 해줘요."

"……뭐?"

"통역이요. 제 말을 저 녀석에게 전해 달라고요."

"아, 사과를 하겠다는 말이지?"

다나카 마스히로는 한정훈이 에이스로서 제리 산체스를 다독여 주려 한다며 반색했다.

그러나 한정훈이 제리 산체스에게 전해 달라는 말은 예상과 전혀 달랐다.

"저, 정훈!"

"부탁이니까 전해 줘요. 선배가 거절하면 진짜 통역을 부를 테니까요."

한정훈의 으름장에 다나카 마스히로가 마지못해 고개를 끄덕였다.

이 상황에서 구단이 고용한 통역사가 와봐야 일만 커질 뿐이었다.

"뭐야?"

다나카 마스히로가 다가오자 제리 산체스가 사납게 으르렁거렸다.

지난 시즌 함께 호흡을 맞춘 사이였지만 다나카 마스히로가 한정훈에게 알아들을 수 없는 일본어를 주절거린 순간부터 돈독했던 옛정은 사라진 지 오래였다.

그런 제리 산체스를 향해 다나카 마스히로가 한정훈의 말을 전했다.

"네가 내 공을 받을 자격이 없다는 걸 가르쳐 줄 테니 포수석에 앉아라."

"……뭐?"

"라고 한정훈이 전하라고 했다."

"크으으! 저 자식이!"

제리 산체스가 사나워진 눈으로 한정훈을 노려봤다.

3억 5천만 달러를 받는다 하더라도 한정훈은 루키고 자신은 팀의 주전 포수였다.

감히 자신에게 이런 말도 안 되는 모욕을 줄 수는 없는 일이었다.

하지만 한정훈이 전하라는 말은 아직 다 끝나지 않았다.

"그리고 만약 네가 내 공을 모두 받아낸다면 앞으로 군말없이 네 리드에 따르겠다고도 말했다."

"……!"

다나카 마스히로의 첨언에 제리 산체스의 표정이 달라졌다.

"그러니까 저 녀석의 공을 받아내기만 하면 된다는 말

이지?"

제리 산체스가 한껏 입가를 비틀어 올렸다.

한정훈의 공이 위력적인 건 알고 있지만 제리 산체스는 자신 있었다.

밑바닥에서 시작해 메이저리그까지 올라온 포수에게 투수의 공을 잡으라는 건, 식은 죽 먹기나 마찬가지였다.

"저 녀석이 무슨 꿍꿍이인지 모르겠지만, 말도 안 되는 공을 던져서 날 엿 먹였다간 잘난 얼굴을 뭉개 버리겠다고 전해."

제리 산체스가 맛난 먹잇감을 발견한 맹수처럼 낮게 으르렁거렸다.

중저음으로 깔리는 그 목소리가 어찌나 섬뜩하던지 다나카 마스히로는 자신도 모르게 마른침을 꿀꺽 삼키고 말았다.

그러나 한정훈은 제리 산체스의 협박에 눈 하나 깜짝하지 않았다.

애당초 그런 약은 수를 쓰려 했다면 이런 식으로 판을 벌이지도 않았을 것이다.

"거들먹거리지 말고 앉아. 시간 없다고."

한정훈이 간이 마운드에 올라 선 채로 말했다. 경기 시작까지는 이제 겨우 한 시간 남짓 남은 상태였다.

하지만 제리 산체스는 느긋하게 포수 장비를 착용했다.

그리고는 한정훈을 도발하듯 포수석에 앉아 힘껏 미트를

두드렸다.

"오냐! 어디 한번 던져 봐라!"

포수 마스크에 가려진 제리 산체스의 얼굴로 진한 자신감이 번졌다.

사인 없이 공이 날아드는 만큼 정신을 바짝 차려야 하겠지만 그래 봐야 지금껏 받아온 공들의 범주를 벗어나지는 않을 것이라고 여겼다.

"제리 녀석, 진심인데?"

"그러게. 자세가 아주 안정적이야."

본의 아니게 대결을 관람하게 된 코치들이 의외라는 표정을 지었다.

설마하니 자존심 강한 제리 산체스가 시합 때에도 보기 어려운 진지한 모습으로 나올 줄은 생각지도 못한 것이다.

'허, 웃기는 놈이네.'

놀란 건 한정훈도 마찬가지였다.

자세를 낮춘 채 미트를 단단히 고정하고 있는 제리 산체스는 그동안 호흡을 맞춰왔던 제리 산체스와 전혀 다른 존재처럼 느껴졌다.

하지만 한정훈의 놀람은 오래가지 않았다.

고작 삼 분여 정도 호흡을 가다듬었을 뿐인데 제리 산체스의 엉덩이가 벌써부터 움찔거렸기 때문이다.

'좀이 쑤시지? 아주 몸살이 나게 만들어주마.'

애써 속내를 삼키며 한정훈은 보란 듯이 스파이크의 흙을 털어냈다.

아직 그라운드 한 번 밟지 않아 스파이크에 흙이 묻어 있을 리 없었지만, 한정훈은 실제 경기장에 서 있는 것처럼 굴었다.

'유난 떨기는.'

제리 산체스는 피식 웃어 보였다.

한정훈이 무슨 쇼를 준비했는지는 모르겠지만 저렇게 시간을 끄는 것 자체가 제 뜻대로 일이 풀리지 않는다는 불평처럼 느껴졌다.

그러나 한정훈은 단순히 시간만 끄는 게 아니었다.

툭. 툭.

스파이크 정리를 마친 한정훈은 보란 듯이 로진백을 두드렸다.

그리고 오른손에 가득 묻은 로진 가루를 제리 산체스 쪽으로 힘껏 불어냈다.

뒤이어 마치 주자가 루상에 나가기라도 한 것처럼 1루 쪽을 힐끔 쳐다보았다.

'저 빌어먹을 자식이 대체 뭘 하는 거야?'

한정훈의 시간 끌기가 계속되자 제리 산체스의 인내심도 한계에 도달했다.

본래 제리 산체스는 투수가 마운드에서 시간을 끄는 걸 좋아하지 않았다.

대외적으로는 빠르고 공격적인 승부를 선호하는 것처럼 굴었지만 실제로는 같은 자세로 오랫동안 버티는 걸 싫어했다.

그래서 투수들에게 사인을 받으면 뜸 들이지 말고 곧장 공을 던져 달라고 틈날 때마다 주문하곤 했다.

빠른 경기 진행을 추구하는 메이저리그에서도 제리 산체스의 투수 리드 템포는 빠르기로 정평이 나 있었다.

이 같은 리드 방법에 대해 타자들이 노림수를 가지지 못하게 만든다며 긍정적으로 보는 이가 많았지만, 위기의 순간 투수들이 마음을 추스를 수 있는 시간적인 여유조차 주지 않는다는 지적도 적지 않았다.

한정훈은 일관되게 빠르기만 한 제리 산체스의 투수 리드 방법에 문제가 있다고 여겼다.

특히나 실점 위기 상황만 되면 나오는 고질적인 패스트볼 위주의 승부는 심각해 보였다.

자신의 편의를 위해 빠른 승부를 강요하는 제리 산체스의 태도는 투수를 배터리가 아닌 공 던지는 기계쯤으로 생각하는 것 같다는 의심이 들 정도였다.

그런 제리 산체스에 대해 조지 지라디 감독은 물론이고 코치들조차 이렇다 할 말을 아끼는 상태였다.

언론들도 도미니카 공화국 출신이라 다혈질일 뿐이라며

덮고 넘겼다.

호르에 포사다의 뒤를 이어줄 것이라 기대했던 브라이언 마칸이 체력적인 문제로 일찍 포수 마스크를 벗은 상태에서 양키즈가 내세울 수 있는 포수는 제리 산체스뿐이었다.

수비적인 부분은 여전히 보완할 점이 많았지만 젊은 나이에 한 시즌 두 자릿수 홈런이 가능해 보이는 장타력은 확실히 독보적이었다.

특히나 타력이 약한 양키즈 입장에서는 제리 산체스가 하위 타선에서 강타자들의 뒤를 든든히 받쳐 주길 기대할 수밖에 없었다.

그런 구단의 기대에 제리 산체스는 안하무인으로 대답했다.

양키즈 주전 포수가 됐다는 이유만으로 벌써부터 슈퍼스타라도 되는 것처럼 굴었다.

오죽했으면 양키즈 입단식이 있던 날 호르에 포사다가 제리 산체스를 주의해야 한다며 은밀히 일러줄 정도였다.

그만큼 구단 안팎으로 폭탄처럼 자리 잡고 있는 제리 산체스를 누군가는 나서서 터뜨리거나 분해할 필요가 있었다.

'내가 이런 짓까지 할 줄은 미처 몰랐다만…… 너 사람 잘못 건드렸어.'

아주 잠깐, 태산처럼 자리 잡았던 제리 산체스의 자세가 무너지기 시작하자 한정훈은 힘껏 투수판을 밟았다.

그리고 인정사정없이 전력을 다해 포심 패스트볼을 내던졌다.

후아앗!

바람 소리와 함께 한복판으로 날아든 공이 순식간에 제리 산체스의 코앞까지 날아들었다.

제리 산체스가 반사적으로 미트를 들어 올렸지만 정확하게 포구점을 만들지 못했다.

파악!

미트의 웹을 스쳐 지난 공이 그대로 제리 산체스의 명치를 강타했다.

그와 동시에 제리 산체스가 엉덩방아를 찧었다.

그리고는 가슴을 부여잡고 한참 동안 끙끙거렸다.

"멍청한 녀석."

한정훈이 보란 듯이 코웃음을 쳤다.

명색에 주전 포수라는 녀석이 투수와 호흡을 맞출 생각도 없이 무작정 제 페이스만 강조하고 있으니 정작 중요한 순간마다 포구가 엉망일 수밖에 없었다.

자신과의 개막전은 차치하더라도 제구력 좋은 다나카 마스히로가 2차전에서 5개의 사사구를 기록한 건 제리 산체스의 형편없는 포구 능력 때문이었다.

애당초 수비형 포수가 아닌 만큼 볼을 스트라이크로 만들어줄 거란 기대는 하지 않았다.

하지만 적어도 포수라면 스트라이크를 볼로 만드는 멍청한 포구는 하지 말아야 했다.

그런데도 제리 산체스는 풀 카운트 승부 때마다 엉성한 포구를 선보이며 다나카 마스히로를 기운 빠지게 만들었다.

주자라도 나가면 자신의 강한 어깨를 자랑하고 싶은 마음에 서둘러 미트를 움직였다.

그 바람에 루이스 로베이노는 주자가 나갈 때마다 풀카운트에 시달려야 했다.

한정훈은 이 일구를 통해 제리 산체스가 뭔가 깨닫길 바랐다.

하지만 한참 만에 몸을 일으킨 제리 산체스의 눈빛은 처음보다 더욱 사납게 일그러져 있었다.

"끄으으. 빌어먹을!"

제리 산체스가 떨어뜨렸던 미트를 잡아 끼웠다.

그리고는 두 번 당하지 않겠다며 한정훈을 매섭게 노려보았다.

'그러면 그렇지.'

한정훈은 속으로 고개를 끄덕거렸다.

그리고는 제리 산체스가 평정심을 되찾을 시간조차 주지 않고 곧장 공을 내던졌다.

후아앗!

우타자의 바깥쪽으로 휘어져 나간 공이 마지막 순간에 아슬아슬하게 홈 플레이트 끝을 파고들었다.

타석에 들어선 게 좌타자였다면 볼 판정이 나왔겠지만, 우타자였다면 아슬아슬하게 스트라이크 콜을 받을 수 있는 코스였다.

"기가 막히는군."

한정훈의 투구를 지켜보던 다나카 마스히로가 감탄을 금치 못했다.

개막전 때 보여주었던 한정훈의 백도어성 투심 패스트볼도 위협적이었지만 방금 보여준 공은 감히 흉내 내기조차 쉽지 않은 공이었다.

그러나 또다시 공을 놓치고만 제리 산체스의 눈에는 잡지 못하도록 일부러 비틀어 던진 엿 같은 공에 불과했다.

"크으으!"

제리 산체스의 입에서 억눌린 신음이 흘러나왔다.

공을 제대로 포구하지 못한 건 둘째 치고 화가 났다.

한정훈이 자신을 엿 먹이기 위해 개막전 때 패스트볼로 이어졌던 그 공을 일부러 던졌다고 여겼다.

"야, 인마! 똑바로 던지라고!"

제리 산체스가 벌게진 얼굴로 소리쳤다.

그리고는 한정훈을 향해 있는 힘껏 공을 내던졌다.

후앙!

제리 산체스의 어깨는 메이저리그 전체 포수 중에서도 첫 손에 꼽힐 만큼 정평이 나 있었다.
게다가 송구 동작도 빠르고 간결했다.
잠깐이라도 방심했다간 송구에 얻어맞을 수도 있었다.
실제로 마이너리그에서는 제리 산체스가 던진 2루 송구를 미처 피하지 못하고 이마로 받아버린 투수가 그 자리에서 기절해 버린 일도 있었다.
그만큼 제리 산체스의 송구는 강했다.
제리 산체스가 포수로 자리를 잡지 못하자 구단에서 투수 전향을 심각하게 고민했을 만큼 말이다.
그런 공이 한정훈의 얼굴을 향해 곧장 날아들었다.
만약 다른 투수들 같았다면 기겁을 하며 그 자리에 주저앉아버렸을 것이다.
미처 글러브를 가져다 댈 수 없다면 투수가 할 수 있는 최선의 선택은 공을 피하는 것뿐이었다.
한정훈은 그저 고개를 슬쩍 젖히는 것으로 공을 피해버렸다.
제리 산체스의 손에서 공이 빠져나온 순간부터 공에서 눈을 떼지 않은 덕분이었다.
"제리!"
"너 미쳤어?"
홧김에 대형 사고를 칠 뻔한 제리 산체스를 향해 코치들과 선수들이 악을 내질렀다.

한정훈이 피했으니 망정이지 만에 하나 그 공에 맞기라도 했다면……!

그저 상상만으로 심장이 철렁 내려앉을 정도였다.

그러나 정작 제리 산체스는 허탈한 표정이었다.

한정훈이 자신의 공을 피해버릴 줄은 미처 예상하지 못한 것이다.

'빌어먹을 자식, 놀라지도 않다니!'

제리 산체스가 질근 입술을 깨물었다.

이 기회에 한정훈의 건방진 콧대를 단단히 꺾어놓을 작정이었는데 오히려 자신만 궁지에 몰리는 것 같은 기분이었다.

그런 제리 산체스를 향해 한정훈이 보란 듯이 손가락 하나를 펼쳐 보였다.

"마지막이다. 스플리터를 던질 테니까 어디 잘 받아보라고."

한정훈의 싸늘한 목소리가 최후통첩처럼 연습장을 왕왕 울렸다.

'누구 마음대로 마지막이야?'

제리 산체스가 신경질적으로 포수석에 주저앉았다.

한정훈이 한국어로 말했지만, 손가락과 스플리터라는 단어만으로도 무슨 소리를 지껄였는지 충분히 짐작이 됐다.

'스플리터를 던져서 공을 놓치게 만들 생각인가 본데 어림없다.'

제리 산체스는 이를 악물었다.

한정훈의 꿍꿍이를 알아챈 이상 더는 당해줄 마음이 없었다.

하지만 한정훈은 단언한 대로 이번 공을 통해 이 웃기지도 않은 승부를 끝낼 생각이었다.

'어디 한번 받아봐라.'

한정훈이 단단히 공을 움켜쥐었다.

그리고는 제리 산체스의 가랑이를 향해 힘껏 공을 내던졌다.

후아앗!

시작부터 낮게 깔린 공이 날카로운 바람 소리를 내며 날아들었다.

'한가운데!'

코스를 확인한 제리 산체스가 자신만만하게 미트를 움직였다.

한정훈의 스플리터를 받아본 적은 많지 않지만, 다나카 마스히로의 포크볼보다는 낙폭이 덜할 것이라 여겼다.

하지만 한정훈이 평소보다 조금 더 깊게 쥐었던 공은 제리 산체스의 예상보다 훨씬 빨리, 그리고 크게 고꾸라졌다.

타앗!

제리 산체스의 시야에서 사라져 버린 공이 홈 플레이트 윗면을 때렸다.

뒤이어 낮게 깔린 채로 제리 산체스의 가랑이 쪽으로 날아들었다.

"으억!"

깜짝 놀란 제리 산체스가 다급히 옆으로 엎어졌다.

포수로서 당연히 블로킹을 해야 하는 상황이었지만 여차하면 주요 부위를 강타당할지도 모른다는 두려움이 그를 겁쟁이로 만들어버렸다.

"답이 없군."

그 모습을 지켜보던 한정훈이 고개를 흔들고는 마운드에서 내려왔다.

제리 산체스가 어떻게든 공을 받아냈다면 또 모르겠지만 세 개의 공을 전부 놓친 이상 배터리로 엮일 일은 없을 것 같았다.

"크아악! 이 개자식아!"

뒤늦게 정신을 차린 제리 산체스가 한정훈을 향해 미트를 집어 던졌다.

하지만 차마 한정훈에게 달려들지는 못했다.

"그만두지 못해!"

어느새 소문을 듣고 나타난 조지 지라디 감독의 입에서 호통이 터져 나왔기 때문이다.

"크아아아!"

제리 산체스의 절규를 끝으로 한정훈과 제리 산체스의 3

구 대결은 시시하게 마무리됐다.

그리고 무거운 침묵 속에 양키즈와 타이거즈의 시즌 3차전이 시작됐다.

“초구라면 몰라도 투심 패스트볼과 스플리터는 저 녀석도 못 받았을걸?”

평소처럼 한정훈의 옆에 껌처럼 달라붙은 하리모토 쇼타가 툴툴거리듯 말했다.

한정훈이 고작 아담 앤더슨을 위해 주전 포수인 제리 산체스를 몰아붙인 게 마음에 들지 않는다는 투였다.

그러나 이미 끝난 일을 가지고 투정을 부려봐야 한정훈의 입에서 좋은 소리가 나올 리 없었다.

“아담은 지난 경기에서 백도어성 투심 패스트볼을 놓친 적이 없어. 웹으로 잡지 못할 것 같으면 포켓으로라도 받았다고.”

“그건 사인을 냈으니까 가능한 거잖아.”

“아담이 내 스플리터 어떻게 받았는지 기억 안 나? 단 한 번도 받아본 적 없는 스플리터를 몸으로 막아냈어. 그런데 제리 산체스는 어떻게 했는데?”

“그건…….”

뭐라고 말을 하려던 하리모토 쇼타가 이내 입을 다물었다.

평소보다 매서워진 한정훈의 눈동자 속에서 아직 다 태우지 못한 분노를 본 것이다.

“그래도 난 아직 아담 앤더슨이 불편하다고.”

하리모토 쇼타가 입술을 삐죽거렸다.

한정훈은 아담 앤더슨이 편할지 몰라도 자신은 아니었다.

이제 막 메이저리그에 데뷔한 상황에서 아담 앤더슨 같은 루키보다는 이기적이더라도 메이저리그 경험이 적잖은 제리 산체스가 훨씬 믿음직스러웠다.

하지만 한정훈은 그것 또한 하리모토 쇼타의 편견이라고 여겼다.

“넌 지난번 경기 때 잘 던진 게 제리 산체스 때문이라고 생각하는 거야?”

“어느 정도는. 솔직히 위기 순간 때마다 제리 산체스의 리드를 믿고 던졌으니까.”

“멍청아, 그건 네 공이 좋았던 거야. 제리 산체스의 리드가 좋았던 게 아니라고.”

“정말? 정말 그렇게 생각하는 거야? 정말로?”

한정훈의 입에서 뜬금없이 칭찬이 나오자 하리모토 쇼타가 언제 그랬냐는 것처럼 좋아했다.

게다가 칭찬의 내용 또한 마음에 쏙 들었다.

다른 사람이 이런 말을 했다면 그러려니 했겠지만, 칭찬에 인색한 한정훈에게 인정받으니 비로소 호투를 했다는 실감이 났다.

“그래. 그러니까 어디 가서 제리 산체스의 덕을 봤다는 멍청한 소리는 하지 마. 네 경기에서도 제리 산체스가 놓친 스트라이크가 다섯 개는 되니까."

한정훈이 글러브를 집어 들고 자리에서 일어났다.

하리모토 쇼타에게 잠깐 시달리는 사이 1번 타자 비비 그레고리우스와 2번 타자 로비 레프스나이더가 범타로 물러나 버렸다.

3번 타자 스탈린 카이스트로가 타석에 들어섰지만, 한정훈은 신경 쓰지 않고 빠르게 굳은 몸을 풀었다.

타이거즈의 에이스 대런 노리스의 컨디션상 스탈린 카이스트로가 정타를 때려낼 가능성은 낮다고 봤다.

아니나 다를까.

"스트라이크, 아웃!"

요란스럽게 방망이를 휘둘러 대던 스탈린 카이스트로는 3구 삼진을 당하고 타석에서 물러났다.

"젠장. 공 한번 더럽네."

더그아웃에 돌아온 스탈린 카이스트로가 퉁명스럽게 중얼거렸다.

하지만 그의 눈은 왠지 모르게 웃고 있었다.

팀의 3번 타자로서 3구 삼진을 당한 게 별로 분하지 않는 모양이었다.

"정훈, 뭔가 이상하지? 저 녀석, 제리 산체스하고 친하다고."

아담 앤더슨이 냉큼 한정훈에게 다가와 언질을 주었다.

스탈린 카이스트로와 제리 산체스, 그리고 셋업맨 루이스 로베이노가 도미니카 공화국 출신으로 서로 죽고 못 산다는 내용이었다.

"그런 거 신경 쓰지 말고 확실히 리드해."

한정훈이 쓸데없는 소리 말라며 미간을 찌푸렸다.

아담 앤더슨이 무슨 말을 하려는지 모르지는 않지만 양키즈의 주전 유격수이자 3번 타자인 스탈린 카이스트로가 제리 산체스를 위해 태업을 할 정도로 형편없는 선수라고는 생각되지 않았다.

"알았어. 나도 열심히 할 테니까 너도 조심해. 알았지?"

아담 앤더슨이 미트로 한정훈의 엉덩이를 툭 때렸다.

그리고는 서둘러 포수석으로 달려갔다.

한정훈도 천천히 걸음을 움직여 마운드에 올랐다.

그런데 누군가 내뱉은 것 같은 누런 가래침이 투수판 근처에 떡 하니 박혀 있었다.

'어떤 새끼가…….'

한정훈의 날카로운 시선이 단숨에 타이거즈 더그아웃으로 향했다.

때마침 타이거즈의 선발투수 대런 노리스가 동료 선수들과 낄낄거리는 모습이 눈에 들어왔다.

'저 자식을 그냥……!'

한정훈은 대런 노리스가 자신을 도발하기 위해 마운드에 추잡한 흔적을 남긴 것이라 여겼다.

하지만 실제 범인은 따로 있었다.

"정훈! 그쪽이 아냐! 이쪽이라고!"

잔뜩 날이 선 한정훈의 귓가로 낯익은 한국어가 들렸다.

고개를 돌리자 한인 교포 한 명이 가슴 쪽에 여섯 개의 손가락을 펴고 있었다.

순간 한정훈은 교포의 손가락이 의미하는 바를 단번에 알아챘다.

야구에서 6이 의미하는 포지션은 유격수.

이름을 말하면 상대가 알아들을 수 있으니 일부러 수신호를 한 게 틀림없었다.

한정훈이 로진 가루를 매만지는 척 유격수 스탈린 카이스트로를 바라봤다.

그러자 교포가 다시 한번 크게 소리쳤다.

"그래, 맞아! 바로 이쪽이라고!"

한정훈과 눈이 마주친 스탈린 카이스트로가 장난스럽게 웃으며 엄지를 들어 올렸다.

아무것도 몰랐다면 격려라 받아들였겠지만, 투수들의 성스러운 공간인 마운드를 더럽혔다는 사실을 알아챈 지금은 스탈린 카이스트로의 모든 게 도발처럼 느껴졌다.

"후우……. 참자, 참아."

한정훈은 애써 분을 억눌렀다.

지금 싸워야 할 건 스탈린 카이스트로가 아니라 타이거즈 타자들이었다.

만에 하나 오늘 경기를 내준다면 양키즈는 5연패의 수렁에 빠지고 만다.

즈윽. 즈윽.

스파이크로 침을 덮어낸 뒤 한정훈이 연습 투구를 시작했다.

쌓이고 쌓인 분을 투구를 통해 풀어내서일까.

퍼엉!

평소보다 미트 소리가 훨씬 더 묵직하게 울렸다.

"정훈이 조금 흥분한 것 같은데요."

한정훈의 연습 투구를 지켜보던 로비 토마스 벤치 코치가 불안한 표정을 지었다.

평소보다 한정훈의 투구 템포가 빠른 것 같은 느낌을 받은 것이다.

"흠……."

덩달아 조지 지라디 감독의 얼굴도 굳어졌다.

타이거즈의 선발투수 대런 노리스가 고작 공 8개로 1회를 끝마친 상황에서 한정훈이 경기 초반에 무너지기라도 한다면 오늘 경기를 장담하기 어려웠다.

그러나 자칭 타칭 한정훈 전문가라 불리는 래리 로스 투수 코치는 대수롭지 않다는 반응이었다.

"괜찮아요. 저 정도는. 국제 대회 결승전에서도 제 공을 던진 선수입니다. 이 정도 일로는 압박을 받지 않을 겁니다."

래리 로스 코치는 일시적으로 한정훈의 투구 템포가 빨라졌지만 마인드 컨트롤이 좋은 만큼 경기가 시작되면 자신만의 템포를 되찾을 것이라고 전망했다.

그리고 그런 래리 로스 코치의 예상은 정확하게 맞아 떨어졌다.

"젠장. 나까지 흥분하면 어쩌자는 거야."

제구가 빗나가다 못해 가운데로 몰려드는 공들을 지켜보며 한정훈이 쓴웃음을 머금었다.

다행히 연습 투구였으니 망정이지 실제 경기에서 이런 공을 던졌다면 타자들의 방망이가 가만있지 않았을 것이다.

"일단은 경기에 집중하자."

한정훈은 애써 마음을 다잡았다.

그리고 아담 앤더슨의 미트를 향해 침착하게 공을 내던졌다.

퍼엉!

묵직한 미트 소리가 타이거즈 파크를 울렸다.

조금 전 연습 투구 때만큼 요란스러운 울림은 아니었지만 정작 1번 타자 호세 아글레시아는 쩍 하고 입을 벌리고 말았다.

"허, 대체 뭐가 지나간 거야?"

호세 아글레시아가 냉큼 고개를 돌려 포수 쪽을 바라봤다.

아담 앤더슨의 미트는 그때까지 몸 쪽 스트라이크존 가장 낮은 위치에 머물러 있었다.

"젠장! 초구부터 이런 걸 던지다니."

호세 아글레시아가 질렸다는 얼굴로 한정훈을 바라봤다.

조금 전 연습 투구를 던질 때까지만 해도 공이 한가운데로 몰리는 듯한 느낌이었는데 경기 시작과 함께 날아든 공은 감히 방망이를 내밀지 못하도록 꽉 차게 몸 쪽을 파고들었다.

"후우……."

길게 숨을 내쉬며 호세 아글레시아는 초구를 머릿속에서 지워 버렸다.

한정훈이 3억 5천만 달러를 받는 엄청난 투수라는 건 들어 알고 있었지만, 타이거즈 부동의 리드오프인 자신을 상대로 똑같은 공을 연속해서 던지지는 않을 것이라 여겼다.

하지만 한정훈의 손끝을 빠져나온 공은 이번에도 몸 쪽 가장 아슬아슬한 코스를 파고들었다.

그리고 호세 아글레시아의 입을 다시 쩍 벌어지게 만들었다.

"와우, 진짜 장난 아닌데?"

호세 아글레시아가 고개를 절레절레 흔들어 댔다.

초구도 기가 막혔는데 2구는 초구보다 더 몸 쪽으로 붙어 들어오는 기분이었다.

“나이스 볼!”

아담 앤더슨이 들으라는 듯 크게 소리쳤다.

“짜식, 제법인데?”

한정훈이 자신도 모르게 입가에 미소를 그렸다.

타격 센스가 좋은 호세 아글레시아의 머릿속을 복잡하게 만들기 위해 초구보다 공 반 개 정도 더 깊숙이 2구를 던졌는데 아담 앤더슨이 그걸 스트라이크로 만들어낼 줄은 미처 예상하지 못한 것이다.

조지 지라디 감독을 비롯한 양키즈의 코치들도 아담 앤더슨의 영악한 프레이밍에 칭찬을 아끼지 않았다.

“와우, 저 녀석에게 저런 재주가 있었나요?”

“살짝 투박하긴 했지만 그래도 제법이네요. 구심도 웃으며 스트라이크를 줬어요.”

“마이너리그에서도 밤새도록 포구 연습을 해왔다는 게 거짓말은 아닌가 봅니다.”

“오늘 경기가 끝날 때까지 저 정도의 집중력을 보여준다면 올 시즌 제대로 사고를 칠 것 같은 느낌입니다.”

코칭스태프의 기대 속에 아담 앤더스는 바깥쪽으로 미트를 움직였다.

구종은 스플리터.

투 스트라이크로 몰린 호세 아글레시아를 잡기 위해 승부수를 걸었다.

만약 제리 산체스가 이 상황에서 스플리터 사인을 냈다면 한정훈은 망설였을 것이다.

스플리터를 선택한 제리 산체스의 판단은 존중하면서도 만에 하나 공이 빠질지도 모르는 상황까지 머릿속에 그렸을 것이다.

그러나 포수가 아담 앤더슨이라서일까.

한정훈은 대수롭지 않게 고개를 끄덕거렸다.

그리고 궁지에 몰린 호세 아글레시아를 향해 있는 힘껏 공을 내던졌다.

후아앗!

한정훈의 손끝을 떠난 공이 홈 플레이트 바깥쪽을 향해 날아들었다.

그러자 호세 아글레시아도 기다렸다는 듯이 방망이를 휘돌렸다.

초구와 2구 연속으로 몸 쪽 공이 들어온 상황에서 3구는 바깥쪽으로 들어올 가능성이 높았다.

그리고 3구째 정말로 바깥쪽 공이 들어온다면 개막전 때 선보였던 백도어성 투심 패스트볼일 가능성이 높다고 여겼다.

'투심이면 좋지만 포심이나 커터도 상관없어. 타이밍이 맞지 않으면 걷어내면 되는 거니까.'

한정훈을 공략할 수 있다는 호세 아글레시아의 자신감이 시원시원한 스윙을 통해 드러났다.

하지만 애석하게도 포심 패스트볼처럼 날아들던 공은 마지막 순간 뚝 하고 떨어지며 호세 아글레시아의 시야 밖으로 사라져 버렸다.

후웅!

호세 아글레시아의 방망이가 요란스럽게 허공을 갈랐다.

그사이 지면에 닿을 듯 고꾸라졌던 공이 아담 앤더슨의 미트에 아슬아슬하게 파묻혔다.

"읏!"

이번에도 웹이 아니라 포켓으로 공을 받아낸 아담 앤더슨이 얼굴을 찌푸렸다.

호세 아글레시아의 스윙은 무시한 채 정신 바짝 차리고 공만 쫓았는데도 웹으로 잡는 게 쉽지가 않았다.

하지만 한정훈은 아담 앤더슨을 향해 가볍게 글러브를 두들겨 주었다.

아직 익숙하지 않은 공을 바운드시키지 않고 포구해 냈다는 것만으로도 일단은 합격점을 주고 싶었다.

"나이스 피칭!"

아담 앤더슨도 씩 웃으며 한정훈을 독려했다.

그리고는 더욱 자신감을 가지고 한정훈을 리드해 나갔다.

75장
고독한 선장(2)

퍼엉!

"스트라이크!"

묵직한 미트 소리에 이어 구심의 스트라이크 콜이 울렸다.

그러자 3번 타자 니키 카스테야가 신경질적으로 고개를 돌렸다.

"이게 왜 스트라이크예요!"

"들어왔어."

"눈이 삐었어요? 너무 깊숙이 들어왔잖아요!"

"네가 너무 붙어선 거잖아!"

"맞을 뻔했다니까요?"

"시끄러. 아까부터 자꾸 항의하는데 경고야. 한 번만 더

내 판정 가지고 시비 걸면 바로 퇴장이야. 알았어?"

"젠장할!"

니키 카스테야의 입에서 절로 욕지거리가 터져 나왔다.

구심이 매섭게 노려봤지만 이렇게라도 하지 않고서는 도저히 참을 수가 없었다.

흥분한 건 타이거즈 더그아웃도 마찬가지였다.

"저게 어떻게 스트라이크야?"

"구심이 오늘 미쳤다니까? 말도 안 되는 공을 자꾸 스트라이크로 잡아주고 있다고!"

"젠장할! 공을 치라는 거야 말라는 거야?"

"양키즈 스타디움에서 경기를 해도 이보다는 낫겠어."

구심의 관대한 스트라이크존에 피해를 받은 타자들이 하나같이 불만을 터뜨렸다.

빠른 공에 제구력까지 갖춘 한정훈을 상대하는 것도 버거운데 스트라이크존까지 넓으니 타석에 서는 것 자체가 곤욕스럽기만 했다.

"코치! 뭐라고 한마디 해야 하는 거 아니에요?"

"맞아요. 이건 평소보다 넓어도 너무 넓잖아요!"

선수들은 코치들을 닦달했다.

브렛 아스머스 감독이 나서서 바다처럼 넓은 스트라이크존을 바로잡아야 한다고 말했다.

하지만 브렛 아스머스 감독은 물론이고 코치들도 씁쓸히

웃기만 했다.

구심의 넓은 스트라이크존의 수혜를 받는 건 비단 한정훈만이 아니기 때문이었다.

3회까지 대런 노리스는 무려 6개의 탈삼진을 솎아내며 양키즈 타선을 꽁꽁 틀어막았다.

체이스 해틀리에게 빗맞은 안타를 허용한 걸 제외하고는 단 한 명도 루상에 내보내지 않았다.

그마저도 후속 타자를 병살타로 유도하며 깔끔하게 마무리 지었다.

브렛 아스머스 감독은 대런 노리스가 오늘 경기를 통해 지난 말린스와의 개막전에서 보여주었던 부진한 모습(5이닝 4실점)을 떨쳐 내길 바랐다.

그리고 다시 언론과 팬들의 찬사를 받는 타이거즈의 에이스로 우뚝 서길 바랐다.

'대런이 마운드에서 내려갈 때까지는 이대로 버티는 수밖에.'

3번 타자 니키 카스테야가 바깥쪽 공에 스탠딩 삼진을 당하고 괴성을 내질렀지만 브렛 아스머스 감독은 애써 고개를 돌려 버렸다.

시즌 초부터 아메리칸리그 팀 타율 1위를 질주하고 있는 타자들에게는 미안한 이야기지만 14위에 머무르고 있는 팀 평균 자책점을 끌어올리는 게 우선이라고 판단했다.

브렛 아스머스 감독의 기대대로 대런 노리스는 양키즈의 1, 2, 3번 타자를 삼자범퇴로 돌려세우며 4회 말을 깔끔하게 끝마쳤다.

3번 타자 스탈린 카이스트로를 연타석 삼진으로 잡아내며 탈삼진 개수를 7개로 늘렸다.

타이거즈 중계진은 이 기세로 완투할 경우 최소 15개의 삼진을 잡아낼 것이라며 놀라워했다.

지난 시즌 9이닝당 평균 탈삼진 개수가 7.2개에 불과했던 대런 노리스가 4이닝 만에 평균치를 달성하면서 양키즈 타자들도 불만을 터뜨렸다.

"스트라이크존이 너무 넓잖아."

"젠장, 이래서는 칠 공이 없다고."

제구력이 좋은 대런 노리스에게 넓은 스트라이크존까지 주어졌으니 호랑이가 날개를 단 격이었다.

가뜩이나 타격 침체에 빠진 양키즈 타자들의 입장에서는 노림수는커녕 눈에 들어오는 공을 때려내는 것조차 버거울 수밖에 없었다.

그러나 양키즈 코칭스태프들은 타이거즈 벤치와 비슷한 이유로 구심의 판정을 관망하는 중이었다.

"한정훈이 흔들리지는 않을까 걱정했는데 다행입니다."

"역시 좋은 투수입니다. 집중력이 남달라요."

"어디 그뿐입니까? 메이저리그 8년 차인 대런 노리스보다 한정훈이 구심의 스트라이크존을 더 잘 파악하고 있어요."

"아담 앤더슨의 리드도 좋지만, 확실히 한정훈의 커맨드는 압도적입니다."

"제 생각도 같습니다. 이제 두 경기째이긴 하지만 한정훈의 투구에 대해서는 더 걱정할 게 없을 것 같습니다."

한정훈의 공이 구심의 넓은 스트라이크존을 구석구석 찌를 때마다 코치들은 감탄을 늘어놓았다.

컨트롤로는 아메리칸리그에서도 열 손가락 안에 든다는 대런 노리스보다 한정훈의 피칭이 훨씬 더 예술적으로 느껴졌기 때문이다.

더욱 대단한 건 한정훈이 오늘 경기에서도 패스트볼 위주의 투구를 이어가고 있다는 점이다.

공 10개 중 9개는 패스트볼을 던지다가 갑자기 기습적으로 들어오는 체인지업에 타자들은 꼼짝을 하지 못했다.

특히나 타이거즈가 키우고 있는 6번 타자 애덤 키스에게 너클 커브를 던져 3구 삼진을 잡아내는 모습은 압권이었다.

이틀 연속 홈런포를 가동하며 타이거즈의 연승을 이끌던 애덤 키스가 어떻게든 한정훈의 공을 때려내 보겠다고 방망이를 휘둘렀지만, 너울너울 춤을 추던 공은 그대로 아담 앤더슨의 미트 속에 안착했다.

그리고 애덤 키스는 제 분을 참지 못하고 방망이를 두 동강 내버렸다.

하지만 한정훈은 자신을 죽일 듯 노려보는 애덤 키스를 보고도 눈 하나 까딱하지 않았다.

오히려 보란 듯이 삼진 퍼레이드를 이어갔다.

4회까지 한정훈은 피안타와 사사구 하나 없이 탈삼진만 9개를 잡아냈다.

타이거즈의 대런 노리스가 에이스다운 피칭을 보여주고 있다면 한정훈은 에이스를 뛰어넘는 에이스의 면모를 과시하고 있었다.

"이런 식이면 퍼펙트게임도 가능하겠습니다."

"타이거즈 타자들이 감히 방망이를 내밀지조차 못하니까요. 타선에서 한 점만 뽑아내 준다면 충분히 대기록이 나올 겁니다."

코칭스태프의 기대 속에 한정훈은 4번 타자 GD 마르티네스를 3루 땅볼로 유도했다.

GD 마르티네스가 적극적으로 타석에 임하면서 8타자 연속 탈삼진 도전이 실패로 돌아갔지만, 한정훈은 아무런 내색도 하지 않았다.

대신 잔뜩 독기를 품고 타석에 선 5번 타자 저스티 업튼을 삼진으로 돌려세우며 5이닝 만에 선발 타자 전원 탈삼진 기록을 수립했다.

한정훈의 탈삼진 개수가 늘어날 때마다 응원을 온 한인 교포들은 절로 신이 났다.

"자, 이 피켓 들어!"

"이거 이러다가 피켓 들 사람이 부족하겠는데?"

교포들은 직접 준비한 K가 적힌 피켓을 흔들며 응원했다.

급하게 만든 소형 피켓이라 대단할 건 없었지만, 타이거즈 팬들은 그 모습을 짜증스러운 얼굴로 바라봤다.

전광판 옆에 걸어놓은 대런 노리스의 삼진 피켓보다 한정훈의 삼진 피켓이 3개나 더 많았기 때문이다.

"애덤! 이번에는 한 방 날리라고!"

"죽지 마! 죽더라도 삼진은 안 돼!"

"제발 애덤! 하나만 때려! 그럼 내가 키스를 퍼부어줄게!"

타이거즈 팬들은 한목소리로 6번 타자 애덤 키스를 반겼다.

애덤 키스도 이번에는 당하지 않겠다며 입술을 질근 깨물었다.

'짜식, 제법 열 받았나 본데?'

애덤 키스의 얼굴을 힐끔 바라보던 아담 앤더슨이 피식 웃었다.

하기야 초구와 2구째 몸 쪽을 파고드는 패스트볼에 정신이 팔린 상태에서 3구째 너클 커브가 들어왔으니 부글부글 끓는 것도 무리는 아니었다.

지난해 타이거즈 언론은 타이거즈 타자 중 상대 투수가 절대 방심해서는 안 되는 타자로 애덤 키스를 꼽았다.

타이거즈 미래의 4번 타자라 불릴 만큼 파괴적인 타자이기도 했지만, 삼진을 당한 다음 타석에서의 타율이 무려 4할 4푼 4리였기 때문이다.

그만큼 애덤 키스는 승부욕이 남달랐다.

특히나 삼진을 극도로 싫어했다.

스윙이 큰 거포들의 특성상 삼진은 많을 수밖에 없었지만, 애덤 키스는 그 사실을 좀처럼 받아들이려 하지 않았다.

—애덤 키스, 전 타석에서 허무하게 삼진을 당했죠?

—아마 이번 타석, 단단히 벼르고 있을 겁니다.

—투 아웃 이후에 타석에 들어섰다는 게 아쉽긴 하지만 애덤 키스가 한정훈의 퍼펙트 행진을 깨뜨려 주길 기대해 봅니다.

타이거즈 중계진들도 애덤 키스가 뭔가 보여줄 것이라며 기대감을 고조시켰다.

하지만 포수 마스크를 쓰고 있는 아담 앤더슨은 이상하리만치 마음이 편했다.

애덤 키스가 지난 2경기에서 보여줬던 맹활약을 잊은 건 아니었다.

벌써 4개의 홈런포를 가동하며 아메리칸리그 홈런 공동 1위에 올라 있다는 사실도 머릿속에 또렷이 남아 있었다.

그럼에도 불구하고 아담 앤더슨은 애덤 키스가 한정훈의

공을 때려내지 못할 것이라고 확신했다.

이제 두 번째 맞대결인 만큼 확신을 뒷받침해 줄 만한 데이터는 부족했지만, 아담 앤더슨은 자신의 확신을 믿었다.

그리고 그 확신대로 대담한 리드를 이어 나갔다.

"정말 메이저리그판 기완이 형이 틀림없다니까."

아담 앤더슨의 사인을 받은 한정훈은 자신도 모르게 헛웃음을 흘렸다.

처음에는 그저 우연의 일치이겠거니 했는데 호흡을 맞추면 맞출수록 아담 앤더슨이 아니라 박기완이 포수석에 앉은 기분이었다.

한정훈은 기분 좋게 투수판을 밟았다.

그리고 아담 앤더슨의 미트를 향해 힘껏 공을 던졌다.

후앗!

한정훈이 투구 동작에 들어가기가 무섭게 테이크 백을 했던 애덤 키스가 곧바로 방망이를 휘돌렸다.

오늘 경기 모든 타자에게 초구 포심 패스트볼을 던졌던 만큼 이번 공도 포심 패스트볼이라고 확신한 것이다.

하지만 정작 한정훈의 손끝을 빠져나온 공은 너울너울 허공을 가르며 날아들었다.

뒤늦게 아차 싶었던 애덤 키스가 가까스로 방망이를 멈춰 세웠지만 구심은 일말의 망설임조차 없이 스트라이크를 외쳤다.

"크윽! 저 자식이!"

애덤 키스가 당장에라도 한정훈에게 덤벼들 것처럼 으르렁거렸다.

설마하니 앞선 타석에 이어 연속으로 너클 커브가 들어올 것이라고는 생각지도 못한 모양이었다.

"좋아! 좋아!"

아담 앤더슨은 그런 애덤 키스를 자극하듯 큰 소리로 한정훈을 독려했다.

그리고는 또다시 애덤 키스의 허를 찌르는 공을 요구했다.

'바깥쪽 체인지업이라.'

사인을 확인한 한정훈은 살짝 미간을 찌푸렸다.

대담한 것도 좋지만, 이번 공은 자신이 바라던 것과는 다소 차이가 있었다.

게다가 너클 커브에 당한 애덤 키스가 역으로 변화구를 노릴 가능성도 배제할 수 없었다.

하지만 한정훈은 이내 고개를 끄덕거렸다.

지금껏 잘 리드해 온 아담 앤더슨의 판단을 한 번 더 믿어보고 싶어졌다.

투수판을 힘껏 밟으며 한정훈이 앞으로 몸을 튕겨냈다.

촤라랏!

스파이크가 가른 길을 따라 흙먼지가 피어올랐다.

그 먼지 구덩이를 뚫고 새하얀 무언가가 애덤 키스를 향해 날아들었다.

'바깥쪽!'

단숨에 코스를 읽은 애덤 키스의 머릿속으로 바깥쪽 꽉 찬 한정훈의 포심 패스트볼이 그려졌다.

그 가상의 공을 때려내기 위해 애덤 키스는 이를 악물고 방망이를 휘돌렸다.

커터나 스플리터가 들어올 거란 생각은 아예 하지 않았다.

초구에 너클 커브가 들어온 만큼 2구는 무조건 포심 패스트볼이라고 확신했다.

그런데 포심 패스트볼처럼 날아들던 공은 애덤 키스의 예상보다 한참 늦게 홈 플레이트에 도착했다.

그사이 애덤 키스가 힘껏 휘두른 방망이는 시원하게 허공을 가른 뒤였다.

퍼억!

묵직한 포구음과 함께 아담 앤더슨과 애덤 키스의 희비가 엇갈렸다.

"크으!"

아담 앤더슨의 입에서는 절로 탄성이 흘러 나왔다.

애덤 키스를 완전히 속이고 미트에 단단히 틀어박힌 체인지업이 꼭 한정훈의 전매특허인 104mile/h(≒167.3km/h)의 포심 패스트볼처럼 짜릿하게 느껴진 것이다.

"크아아!"

반면 애덤 키스의 입에서는 괴성이 터졌다.

초구에 이어 2구째에도 변화구에 농락을 당하다 보니 치미는 굴욕감을 참기 어려웠다.

"이 개자식!"

애덤 키스의 벌게진 눈이 한정훈을 향해 번뜩였다.

하지만 한정훈은 애덤 키스가 무섭다기보다는 안쓰러웠다.

승부욕이 지나치다 못해 넘쳐 스스로를 통제하지 못하는 비운의 대기들을 여럿 봐왔기 때문이다.

"하는 꼬락서니를 보니 너도 오래 버티긴 어렵겠다."

손에 묻은 로진 가루를 길게 불어내며 한정훈은 아담 앤더슨의 사인을 기다렸다.

그러다 아담 앤더슨의 손가락과 미트의 위치를 확인하고는 자신도 모르게 헛웃음을 터뜨리고 말았다.

초구와 2구에 변화구를 던진 만큼 3구째 사인은 패스트볼이었다.

그런데 코스가 예상 밖이었다.

안쪽 꽉 찬 코스도 아니고 바깥쪽 아슬아슬한 코스도 아닌 한가운데 높은 하이 패스트볼이었다.

메이저리그에서 20개 이상의 홈런을 때려낸 타자들이 가장 좋아하는 코스가 바로 한가운데로 말려드는 하이 패스트볼이었다.

그래서인지 의외로 헛스윙 확률이 높은 코스 또한 한가운데 하이 패스트볼이었다.

'설마 저 녀석, 내 배짱을 시험하려는 건 아니겠지?'

한정훈은 손에 쥔 공을 단단히 움켜쥐었다.

그리고는 반쯤 숨을 머금은 채로 있는 힘껏 투수판을 박차며 몸을 내던졌다.

후아앗!

한정훈의 기다란 손끝에 챈 공이 탄환처럼 애덤 키스를 향해 날아들었다.

'한가운데!'

애덤 키스가 거의 반사적으로 방망이를 휘둘렀다.

바로 이 공을 기다렸다는 듯 애덤 키스의 얼굴에는 묘한 희열마저 번져 있었다.

하지만 이죽거리는 듯한 표정이 절망으로 변하기까지는 그리 오랜 시간이 걸리지 않았다.

순간 가속이라도 한 것처럼 순식간에 히팅 존까지 파고든 공은 그대로 의식 너머로 사라져 버렸다.

'안 돼! 걸려라, 제발!'

애덤 키스가 속으로 비명을 지르며 허리를 휘돌려 봤지만, 방망이가 홈 플레이트를 스치기도 전에 대포 소리 같은 굉음이 귓가에 울려 퍼졌다.

퍼어엉!

'빌…… 어먹을.'

허리가 꺾여 나갈 정도로 방망이를 휘돌렸던 애덤 키스가 휘청거리며 그 자리에 주저앉고 말았다.

그 모습이 중계 카메라에 명확하게 잡혀 들었다.

—애덤 키스, 아쉬운 스윙입니다.

—네, 한정훈과의 수 싸움에서 졌어요. 한정훈은 노련했지만, 애덤 키스는 조금 성급했습니다.

—그래도 괜찮습니다. 지난 시즌 단 4번밖에 없었던 연타석 삼진을 당했으니 다음 타석 때는 분명 뭔가 보여줄 것이라 믿습니다.

—기록을 찾아보니 연타석 삼진을 당한 다음에 두 타석에서 홈런을 때려냈네요. 이 기록대로라면 애덤 키스의 다음 타석이 정말 기다려집니다.

타이거즈 중계진은 미래의 4번 타자인 애덤 키스를 따뜻하게 보듬어주었다.

한정훈이 앞서 던진 두 개의 변화구 때문에 타이밍을 놓친 것뿐이라며 아직 승부는 끝나지 않았다고 기를 북돋웠다.

그러나 애석하게도 애덤 키스는 8회 초 세 번째 타석에서마저 허무하게 삼진을 당하고 말았다.

그것으로도 모자라 9회 초 수비에서 평범한 바운드 송구를 빠뜨리며 양키즈의 선취 득점에 지대한 공훈을 세웠다.

"나이스!"

"좋았어!"

2사 2루 상황에서 비비 그레고리우스가 때려낸 평범한 유격수 앞 땅볼이 실책으로 이어지자 양키즈 더그아웃이 발칵 뒤집혔다.

그사이 2루에 있던 메스 윌리암스가 빠른 발을 앞세워 재빨리 홈을 파고들었다.

백업에 들어갔던 우익수 카메론 메이스가 다급히 홈으로 공을 내던졌지만, 포수 제이스 매켄의 태그보다 메스 윌리암스의 손이 먼저 홈 플레이트를 훑고 지나쳤다.

"젠장할!"

9회까지 마운드를 지키며 한정훈과 팽팽한 선발 맞대결을 이어왔던 대런 노리스의 입에서 절로 욕지거리가 터져나왔다.

한계 투구 수인 110구를 넘긴 상황에서도 한정훈과의 맞대결에서 이기기 위해 버텨왔는데 실책으로 점수를 내줬으니 밀려드는 허탈함이 감춰지지 않았다.

"잘 던졌다. 그러니 당당히 고개를 들어라."

브렛 아스머스 감독이 마운드에 올라와 대런 노리스에게 공을 건네받았다.

대런 노리스가 아쉬운 마음에 잠시 뜸을 들였지만 이내 브렛 아스머스 감독의 결정을 받아들였다.

"잘했어! 대런!"

"네가 최고다! 네가 우리의 에이스야!"

브렛 아스머스 감독의 말처럼 당당히 더그아웃으로 향하는 대런 노리스를 향해 4만여 타이거즈 관중이 기립박수를 쳤다.

8회까지 퍼펙트 행진을 이어가는 한정훈과 승부를 마무리 짓지 못한 게 아쉽긴 했지만, 완투와는 다소 거리가 있던 대런 노리스가 9회 2사까지 버텼다는 것만으로도 충분히 감동적이었다.

대런 노리스가 아쉬움을 남기며 퇴장하는 동안 브렛 아스머스 감독은 8회 삼진 이후 경기에 집중하지 못하는 1루수 애덤 키스를 빼고 신예 데이브 콜먼을 기용했다.

실책을 틈타 2루까지 내달린 로비 레프스나이더가 홈에 들어올 경우 경기가 어려워지는 상황에서 애덤 키스를 계속 그라운드에 남겨둘 수는 없다고 판단한 것이다.

"애덤! 괜찮아. 잘했어!"

"짜샤! 기죽지 말라고!"

타이거즈 팬들은 애덤 키스에게도 박수를 보냈다.

일부 팬이 비난을 쏟아내긴 했지만, 그보다는 애덤 키스의 미래를 기대하는 팬들이 압도적으로 많았다.

대런 노리스가 미처 잡아내지 못한 아웃 카운트 하나를 처리하기 위해 브루스 런던이 마운드에 올랐다.

"침착해. 여기서 안타를 맞으면 끝장이라고!"

"런던! 걱정하지 말고 던져. 뒤는 우리가 받쳐 줄 테니까."

타이거즈 내야수들은 브루스 런던의 부담감을 줄이기 위해 글러브를 두드리며 독려했다.

브루스 런던도 대런 노리스의 경기를 망치지 않으려고 신중하게 공을 내던졌다.

하지만 승부는 생각보다 시시하게 끝났다.

3번 타자 스탈린 카이스트로가 초구를 건드려 1루수 파울플라이로 물러나고 만 것이다.

"하아, 아깝네."

끓어오른 분위기에 찬물을 끼얹은 스탈린 카이스트로가 멋쩍게 웃었다.

누가 봐도 성의 없는 플레이었지만 선수들은 속으로 불만을 삼켰다.

1 대 0.

한 점 차 리드 상황에서 에이스 한정훈이 경기를 마무리 짓기 위해 무대에 올랐기 때문이다.

"한정훈, 한국에서 퍼펙트게임 여러 번 달성했지?"

아담 앤더슨이 상기된 얼굴로 한정훈을 바라봤다.

대기록을 앞둔 상황에서는 가급적 언급하지 않는 게 관례였지만 어린 탓일까.

아담 앤더슨은 퍼펙트게임이 코앞에 있는 것처럼 굴었다.

"한국하고 메이저리그는 별개야. 그러니까 정신 똑바로 차려."

한정훈이 무표정한 얼굴로 아담 앤더슨의 뒷머리를 톡톡 두드렸다.

그러자 아담 앤더슨이 멋쩍게 웃고는 엄지를 들어 올렸다.

"역시 미국은 이런 게 좋다니까."

한정훈은 애써 웃음을 참았다.

이곳이 한국이고 박기완에게 조금 전처럼 굴었다간 대번에 싫은 소리가 터져 나왔겠지만, 미국은 확실히 문화 자체가 달랐다.

"그나저나 퍼펙트라. 달성할 수 있을까?"

여유롭게 로진백을 두드리던 한정훈이 슬쩍 전광판을 바라봤다.

그러다 0으로 뒤덮인 타이거즈의 영역을 보고는 피식 웃음을 흘렸다.

—한정훈 선수, 웃네요.

—보통 퍼펙트 상황에서 9회가 시작되면 부담감 때문에 웃음이 나오지 않는데 말이죠.

—정말 대단한 투수입니다. 첫 경기 때도 그랬지만 이 정도로 잘 던질 줄은 몰랐습니다.

—양키즈가 괜히 3억 5천만 달러를 쏟아부은 게 아니죠.

–3억 5천만 달러라. 입이 떡 벌어지는 금액이네요.

–억울하면 마크도 다시 야구를 시작해 봐요. 아직 늦지 않았으니까.

–나보다는 호르에가 현역 복귀하는 게 더 빠를 거 같은데요? 솔직히 현역 때 한정훈만큼 많은 돈을 받지 못했잖아요.

–크흠, 역시 말로는 마크에게 못 당하겠네요.

어느새 만담 콤비가 되어버린 마크 앨런과 호르에 포사다가 웃음으로 몰려드는 긴장감을 풀어냈다.

하지만 정작 그들의 두 눈은 마운드에 고독히 서 있는 한정훈에게 고정된 채 움직이지 않고 있었다.

그러는 사이 7번 타자 타일러 홀린스가 방망이를 들고 천천히 타석으로 다가왔다.

–7번 타자 타일러 홀린스가 들어섭니다.

–타이거즈에 흔치 않은 좌타자입니다.

–오늘 한정훈 선수에게 두 타석 연속으로 삼진을 당했습니다.

–지난 두 경기에서 5안타를 때려내며 맹활약했는데요. 오늘은 아직까지 출루가 없습니다.

–출루는커녕 방망이에 공을 맞혀내지도 못했죠. 만만치 않은 타자이긴 합니다만 한정훈이 잘 막아낼 거라 예상해 봅

니다.

포르에 호사다의 말이 끝나기가 무섭게 한정훈이 새하얀 무언가를 힘껏 내던졌다.

그리고 그것은 타일러 홀린스의 스윙을 지나 아담 앤더슨의 미트 속으로 사라져 버렸다.

—와우! 104마일입니다.

—지금 몇 회죠? 9회 아닌가요?

—한정훈이 본래 경기 후반에 더 강해진다는 말을 듣긴 했습니다만 이건……. 정말 할 말을 잃게 만드네요.

캐스터 마크 앨런이 보란 듯이 감탄을 터뜨렸다.

어지간해서는 호들갑을 떨지 않는 편이었지만 9회 말 1 대 0 한 점 차 리드 상황에서 퍼펙트라는 대기록을 앞에 두고도 떨지 않고 초구부터 104mile/h(≒167.3km/h)의 포심 패스트볼을 내던지는 한정훈의 모습은 그야말로 경이로웠다.

—꼭 전성기 때 마리아 리베라를 보는 것 같습니다.

호르에 포사다는 대놓고 양키즈의 전설이자 메이저리그 역대 세이브 1위인 마리아 리베라를 입에 올렸다.

양키즈의 수호신이라 불렸던 마리아 리베라만큼 한정훈이 든든했기 때문이다.

—그 말을 들으면 앤디 패티스가 서운해할 것 같은데요.

—서운해해도 상관없어요. 앤디는 저 정도로 빠른 공을 던지지 못했으니까요.

—그 말은 굳이 안 해도 됐을 것 같은데요.

—어쩌겠어요. 이미 꺼낸 말인데.

한정훈이 9회에도 흥분하지 않았다는 사실을 확인한 양키즈 중계진은 한결 여유롭게 만담을 이어갔다.

그사이 한정훈은 타일러 홀린스를 3구 삼진으로 돌려세우며 타이거즈의 숨통을 더욱 바짝 조였다.

텅 비어 있던 붉은색 램프에 불이 들어왔다.

원 아웃.

"젠장할!"

"이 멍청이! 삼진을 당하면 어쩌자는 거야!"

타이거즈 파크 곳곳에서 입에서 절로 욕지거리가 터져 나왔다.

한정훈도 인간인 이상 언젠가는 지치고 실수를 할 것이라고 기대하며 인내해 왔던 게 한계에 다다른 것이다.

만약 에이스인 대런 노리스가 9회를 잘 막아냈다면 그래서 연장을 기대할 수 있는 상황이라면 타이거즈 팬들도 조금 더 참아보았을 것이다.

하지만 9회 초, 어처구니없는 실수로 인해 한 점을 내준 상황에서 남은 아웃 카운트 두 개는 경기 종료를 의미했다.

그 전에 어떻게든 점수를 내지 못한다면 오늘 경기는 한국에서 건너 온 루키에게 이대로 헌납할 수밖에 없었다.

"후우……."

사나워진 관중들의 눈치를 살피며 8번 타자 제이스 매켄이 타석에 들어섰다.

'뭐라도 때려야 하는데…….'

제이스 매켄은 머릿속이 텅 비어 있었다.

포수로서 상대 배터리의 볼 배합을 읽는 것쯤은 식은 죽 먹기였지만 한정훈-아담 앤더슨 배터리는 달랐다.

대체 무슨 공을 던질지 종잡을 수가 없었다.

'평범하게 포심 패스트볼이 들어올까? 아니면 업튼에게 던진 체인지업? 설마 나한테도 너클 커브를 던지는 건 아니겠지?'

오늘 경기 한정훈이 던진 25개의 초구 중 22개가 패스트볼이었다.

그중 포심 패스트볼이 19개, 커터가 1개, 투심 패스트볼이 2개였다.

체인지업이 초구로 들어온 건 두 번밖에 없었다.

초구에 너클 커브를 던진 건 애덤 키스의 타석 한 번뿐이었다.

이 정도면 당연히 포심 패스트볼을 노려볼 만했다.

하지만 제이스 매켄은 좀처럼 마음의 결정을 하지 못했다.

단순히 퍼펙트게임으로 몰려 있어서가 아니었다.

그 중압감은 타자보다 투수가 더 강하게 느끼게 마련이었다.

그보다는 타순이 한 바퀴 돌 때마다 꼬여 버리는 한정훈-아담 앤더슨의 볼 배합이 제이스 매켄의 머릿속을 복잡하게 만들었다.

첫 타순 때 한정훈은 9명의 타자에게 모두 초구 포심 패스트볼을 던졌다.

그런데 두 번째 타순 때부터는 초구에 커터와 투심 패스트볼을 섞어 던졌다.

그리고 마지막 타순이 되자 갑자기 변화구 구사율을 높였다.

9회 7타자를 상대로 초구 변화구가 3번이나 들어왔다.

이런 상황에서 무작정 포심 패스트볼을 노리기란 쉽지 않았다.

'제발! 한정훈! 날 만만하게 보고 체인지업을 던져 줘라. 제발!'

제이스 매켄은 내심 체인지업이 날아들길 바랐다.

그것도 가능하면 바깥쪽 코스이길 희망했다.

다른 공은 몰라도 바깥쪽으로 들어오는 변화구는 언제든 툭 하고 밀어쳐 안타로 만들어낼 자신이 있었다.

그런 제이스 매켄의 속내를 읽기라도 한 것처럼 한정훈이 초구에 체인지업 그립을 잡았다.

그리고 바깥쪽을 향해 힘껏 내던졌다.

후아앗!

한정훈의 손끝을 빠져나간 공이 왠지 모르게 느린 듯한 느낌을 주자 제이스 매켄은 자신도 모르게 입가를 비틀어 올렸다.

'체인지업! 체인지업이야!'

타이거즈의 주전 포수답게 제이스 매켄은 금세 구종을 파악했다.

아울러 자신이 원하는 바깥쪽 코스로 날아든다는 사실까지 알아채고는 망설임 없이 방망이를 휘돌렸다.

따악!

내던지듯 내민 방망이 끝으로 묵직한 충격이 느껴졌다.

'걸렸다!'

제이스 매켄은 마지막까지 힘껏 방망이를 휘둘렀다.

그렇게 하면 타구가 내야를 벗어날 수 있을 것이라 확신했다.

하지만 애석하게도 높이 치솟은 타구는 2루수 비비 그레고리우스의 글러브 속에 잡히고 말았다.

"젠장할!"

안타라 확신했던 제이스 매켄이 신경질적으로 방망이를 내던졌다.

그리고는 더그아웃에 돌아간 이후에도 이해할 수 없다며 고개를 절레절레 흔들어 댔다.

그 모습을 지켜보던 양키즈 중계진들이 웃음이 섞인 목소리로 상황을 설명했다.

–제이스 매켄은 자신이 무슨 공을 쳤는지 모르는 것 같아요.

–분명 세컨드 체인지업이었죠.

–마지막 순간에 좌타자 몸 쪽으로 살짝 말려드는, 변형 체인지업이죠.

–이건 체인지업처럼 때려서는 공략하기 어렵습니다. 솔직히 이 세컨드 체인지업은 어지간해서는 안 치는 게 최선이에요. 놔두면 대부분 볼이니까요.

–일종의 유인구란 말이죠?

–그렇죠. 체인지업을 노리는 타자들을 농락하기 위한 공인데 제이스 매켄이 제대로 당해버렸네요.

–퍼펙트게임에 대한 부담감 때문이었을까요?

–그랬다면 초구부터 방망이를 내밀지 못했을 겁니다. 아

마 노리고 있었겠죠, 체인지업을.

–한 경기에서 많아야 10개 남짓한 한정훈의 체인지업을 노리다니. 대단한 배짱이네요.

–그걸 알고 세컨드 체인지업을 던진 한정훈의 배짱은 어떻고요?

–하하. 듣고 보니 한정훈만 대단해지는 것 같습니다.

전광판에 두 번째 붉은 램프가 들어왔지만 양키즈 해설진은 아무것도 보지 못한 것처럼 유쾌한 분위기를 이어 나갔다.

이렇게 떠들다 보면 한정훈이 마지막 타자를 잡아내고 두 손을 번쩍 들어 올려줄 것만 같았다.

그러나 브렛 아스머스 감독은 4만여 홈 관중이 지켜보는 상황에서 한정훈에게 퍼펙트게임을 내주고 싶은 마음이 추호도 없었다.

"타임!"

브렛 아스머스 감독이 구심에게 수신호를 보냈다.

그리고 9번 타자 카메론 메이스를 대신해 좌타자 카를로스 리마가 타석에 들어왔다.

"리마라니?"

"저 녀석, 발만 빠른 녀석이잖아!"

예상치 못한 대타 카드에 타이거즈 파크가 술렁거렸다. 당황한 건 타이거즈 중계진도 마찬가지였다.

—흠…… 카를로스 리마네요.

—브렛 아스머스 감독이 무슨 생각을 하고 있는 걸까요.

—아직 더그아웃에는 장타력이 있는 타자들이 남아 있는데요.

—카를로스 리마를 통해 한정훈을 흔들어 볼 생각이었다고 해도 너무 늦은 선택인데요.

—어쨌든 카를로스 리마가 반전의 드라마를 써주길 기대해 보겠습니다.

타이거즈 중계진은 브렛 아스머스 감독이 한정훈의 대기록 작성을 망치기 위해 일부러 카를로스 리마를 내보냈다고는 여기지 않았다.

한정훈이 아시아 출신 루키이고 얄미우리만치 잘 던지는 양키즈의 에이스라 하더라도 정정당당하지 못한 수를 쓰는 건 메이저리그다운 방법이 아니었다.

다행히 타석에 들어선 카를로스 리마도 정상적인 타격 자세를 잡았다.

방망이를 상당히 짧게 잡긴 했지만, 단순히 맞추기 위한 선택의 결과로 봤을 때 비난할 정도는 아니었다.

그러나 아담 앤더슨은 카를로스 리마가 번트를 댈 것이라고 확신했다.

그렇지 않고서야 이 상황에서 카를로스 리마를 내보낼 이유가 없기 때문이었다.

'무슨 꿍꿍이인지 모르니까 일단 바깥쪽으로 하나 빼 보자.'

아담 앤더슨이 바깥쪽 포심 패스트볼을 요구했다.

한정훈도 묵묵히 고개를 끄덕이고는 아담 앤더슨의 미트를 향해 침착하게 공을 내던졌다.

후아앗!

낮게 내리깔린 공이 바깥쪽 홈 플레이트에 걸치듯 날아들었다.

카를로스 리마가 뒤늦게 번트 자세로 전환하더라도 제대로 방망이에 맞추기 쉽지 않아 보였다.

그때였다.

딱!

카를로스 리마가 테이크 백 동작을 생략한 채 그대로 방망이를 쭉 내밀었다.

그리고 방망이 끝에 걸려 회전을 먹은 타구가 유격수 앞으로 천천히 굴러갔다.

"스탈린!"

다급히 포수 마스크를 벗은 아담 앤더슨이 유격수 스탈린 카이스트로를 향해 소리쳤다.

타구가 느리긴 했지만, 스탈린 카이스트로가 대쉬해서 포구한다면 1루에서 승부가 가능할 것 같았다.

하지만 스탈린 카이스트로는 앞으로 달려들지 않고 거의 제자리에서 포구를 해버렸다.

당연하게도 그때는 이미 카를로스 리마가 1루를 밟은 뒤였다.

"로비! 이런 건 네가 잡아줬어야지!"

스탈린 카이스트로가 괜히 로비 레프스나이더를 걸고 넘어졌다.

자신보다는 전진 수비를 하고 있던 로비 레프스나이더가 타구를 끊어주는 편이 더 나았다는 것이다.

"뭐라고?"

3루수 로비 레프스나이더도지지 않고 눈을 부라렸다.

만약을 대비해 선상 수비를 하고 있던 상황에서 스탈린 카이스트로보다 먼저 타구에 도달하는 건 말처럼 간단한 일이 아니었다.

게다가 타구는 누가 봐도 유격수 정면으로 향하고 있었다.

그걸 제대로 처리하지 못해놓고 남 탓을 하는 건 책임전가나 마찬가지였다.

"다들 그만둬! 아직 경기 안 끝났다고!"

보다 못한 1루수 채이스 해틀리가 나서서 소란을 잠재웠다.

그리고는 야수들을 대신해 한정훈에게 미안함을 전했다.

"난 괜찮아."

한정훈이 짧은 영어로 속마음을 전했다.

하지만 그의 두 눈은 그 어느 때보다 이글이글 타오르고 있었다.

"한정훈, 정말 괜찮은 거지?"

"그래."

"리드는 어떻게 할까? 계속 내가 사인을 내?"

"그래."

"정말 그래도 괜찮은 거지?"

"그렇다니까."

"후우…… 좋아. 이제 아웃 카운트 하나 남았으니까 확실히 끝내자."

"알았어."

아담 앤더슨은 차마 한정훈을 제대로 보지 못했다.

스탈린 카이스트로의 어처구니없는 플레이를 떠나 자신이 조금만 더 냉철하게 리드했다면 일어나지 않았을 일처럼 느껴진 것이다.

하지만 한정훈은 아담 앤더슨은 물론이고 스탈린 카이스트로에게조차 불만을 드러내지 않았다.

속은 부글부글 끓어올랐지만 마치 아무 일도 일어나지 않은 것처럼 굴었다.

그런 모습이 아담 앤더슨과 통역을 조마조마하게 만들

었다.

만에 하나 한정훈의 감정이 경기 중에 폭발하기라도 한다면 오늘 경기뿐만 아니라 후폭풍이 제법 오래갈 것 같았기 때문이다.

"한정훈 선수, 불편한 게 있으면 언제든지 사인을 보내라고 하십니다."

통역이 조심스럽게 조지 지라디 감독의 말을 전했다.

한정훈만큼이나 감정이 격해진 상황이라 직접 마운드에 오르지는 못했지만 조지 지라디 감독은 만약 한정훈이 유격수를 교체해 달라 요구를 해도 들어줄 작정이었다.

"오늘 경기는 내 손으로 끝낸다고 전해 주세요."

한정훈이 조지 지라디 감독 쪽을 바라보며 싸늘히 중얼거렸다.

"아, 알겠습니다."

그 서늘한 목소리에 놀란 통역이 자신도 모르게 말을 더듬었다.

잠시 중단됐던 경기가 다시 시작됐다.

한정훈이 흔들렸다고 여긴 것일까.

브렛 아스머스 감독은 아껴두었던 대타 카드를 다시 꺼내들며 한정훈을 압박했다.

"미구엘! 미구엘!"

"미구엘! 미구엘!"

타이거즈 파크의 홈 팬들은 올해로 데뷔 20년을 맞이한 노장 미구엘 카레라를 열렬히 환호했다.

비록 전성기가 지나긴 했지만 미구엘 카레라의 한 방 능력은 여전했다.

지난 시즌에도 대타로 출전해 13개의 홈런을 때려낼 정도였다.

양키즈와의 1차전에서도 미구엘 카레라는 대타로 나와 2타점 적시 2루타를 때려내기도 했다.

타이거즈 팬들은 미구엘 카레라가 이틀 전처럼 한정훈을 상대로 시원한 장타를 때려내 주길 바랐다.

그래서 퍼펙트에 이어 0이라는 숫자까지 함께 깨주길 기대했다.

"후읍."

타석에 들어선 미구엘 카레라도 아랫배에 단단히 힘을 주었다.

지금 이 상황에서 어정쩡한 단타는 의미가 없었다.

그보다는 시원한 장타를 때려내 팀에 보탬이 되어야 했다.

"미구엘 카레라라면 한정훈도 긴장할 겁니다."

"메이저리그 투수치고 미구엘 카레라의 펀치력을 의식하지 않을 투수는 없으니까요."

타이거즈 더그아웃은 자신들의 생각대로 한정훈이 흔들릴 것이라 예상했다.

하지만 애석하게도 한정훈의 눈에는 미구엘 카레라의 커리어나 명성이 들어오지 않았다.

쏟아지는 타이거지 팬들의 함성마저 지워 버린 상태에서 한정훈의 눈에 보이는 건 오직 하나, 아담 앤더슨의 미트뿐이었다.

"후우……."

천천히 숨을 고르며 한정훈이 있는 힘껏 공을 내던졌다.

그리고 그 공이 총알처럼 날아가 미구엘 카레라의 몸 쪽 깊숙한 코스에 틀어박혔다.

퍼엉!

"스트라이크!"

묵직한 포구음과 동시에 스트라이크 콜이 울렸다.

그 순간, 극적인 반전을 기대했단 타이거즈 파크가 잠잠해졌다.

하지만 한정훈은 그 사실조차 인지하지 못했다.

그저 아담 앤더슨이 요구하는 대로 두 개의 포심 패스트볼을 내던진 뒤에 천천히 마운드를 내려왔다.

to be continued

잘은 모르겠지만 과거로 돌아왔다.

최단 기간, 최고 속도 레벨 업, 노블레스 등급 클리어.
생각지 못했던 행운들에 시스템상 주어지는 위대한 이름,
앰플러스 네임까지.

모든 게 좋았다.
사랑했던 여자도 이젠 지킬 수 있을 것 같았다.

[앰플러스 네임 '빛의 성웅'이 성립됩니다.]

그런데 뭐냐. 이 요상한 이름은……?
나 그런거 아닌데. 아 진짜. 아니라니까요.